IVDITH,

OV

LA DE'LIVRANCE

DE BETHVLIE,

POEME SAINT.

DEDIE' A LA REYNE,

Par Mademoiselle de CALAGES.

A TOLOSE,

Par ARNAVD COLOMIEZ, Imprimeur ordinaire
du Roy & de l'Vniuersité.

M. DC. LX.
Auec Priuilege du Roy.

I. Seguenoi f.

Le Peintre commença :   cette diuine Image,
Ses yeux, AVGVSTE   REYNE, en furent éblouis,
Amour vient à son ayde, et peint vostre Visage,
Des traits qu'il a, choisy dans le cœur de LOVIS.

A
LA REYNE,

ADAME,

Cependant que deux grandes Nations regar-
dent Vostre Majesté, comme leur Arche d'Alliance, & qu'elles respirent à ses pieds les douceurs

ã

de la Paix, qu'elle leur a Procuré, ie viens luy
offrir vne Nation en guerre qui doit auſſi ſa Paix à
vne Illuſtre Amazonne, ou pluſtot, c'eſt elle meſme,
MADAME, qui vient s'offrir à VOSTRE MAJESTE',
& luy demander la gloire de ſa protection.
Elle eſpere bien qu'eſtant vne des plus chaſtes
& des plus Sainctes Dames de ſon ſiecle, elle
obtiendra cette faueur de la plus grande Dame
de l'Vniuers, en qui toute ſorte de Vertu eſt ſi
Eminente ; & ie me perſuade aiſement, MADA-
ME, que celle qui a eſté la figure de MARIE
Mere de Dieu ne déplaira point à la plus Auguſte
MARIE qui ſerue aujourd'huy à ſes Autels.
Auſſi lors que ie prens la hardieſſe de comparer
mon Heroïne à VOSTRE MAJESTE' ie ne crains
point de paſſer pour profane, puis que la Reyne
des Cieux ſouffre cette comparaiſon pour elle
meſme. Ie paſſe bien plus outre, MADAME,
& dis que lors que ie conſidere VOSTRE MA-
JESTE' entre la verité & la figure, c'eſt à dire,
entre MARIE & IVDITH, ie trouue qu'elle
a bien du raport à l'vne & à l'autre, celle-cy par
ſa valeur deffait vn Tyran, vn monſtre en cruauté,
qui vouloit exterminer toute ſa Nation : & c'eſt
ce que Vous faites, MADAME, en eſtouffant la
guerre, ce monſtre qui deuore tout. MARIE
par ſa vertu écraſe la teſte du Serpent, & ie voy

EPISTRE.

déja fous vos pieds le gros Serpent de l'erreur qui
doit perdre la vie, fous la fainteté de voftre Regne.
On dit que les Propheties nous le promettent
& le courage inuincible de noftre grand Monarque animé de fa pieté extraordinaire nous le fait
efperer. Mais MADAME, ce fera fans doubte
par vos Saintes infpirations, puis que comme vne
autre fainéte CLOTILDE, Vous entrez dans la
France auec ces grands fentimens de pieté, d'exterminer les ennemis de Dieu, & de faire triompher l'Eglife, & certainement, MADAME, le
Ciel veut operer par vous le repos du Chriftia-
nifme, comme il a operé le Salut du genre humain par l'adorable MARIE. La France, qui à
voftre arriuée conçoit ces hautes efperances, a
bien raifon de dire que fi voftre Augufte Efpoux
s'appelle DIEV-DONNE', elle a auffi vne
Reyne qui eft vn rare prefent du Ciel : Car bien
que la naiffance Vous donne en Terre le Titre de
la premiere Image de la Diuinité, Vous l'eftes
encore d'auantage par cette extreme Beauté, par
cette Vertu fublime, & par cette bonté incomparable que tous vos Peuples admirent en VOSTRE
MAJESTE'. C'eft elle auffi MADAME, qui me rend
affez hardie pour offrir à vne fi grande Reyne ce
petit ouvrage, s'il a la gloire de la diuertir quel-

ā 3

EPISTRE.

ques momens, i'auray trop de fujet de benir mes
veilles & toutes les heures que i'ay employées
à ce trauail comme eftant.

MADAME,

DE VOSTRE MAJESTE,

La tres-humble, tres-obeiffante & tres-
fidelle feruante & fujette.

MARIE DE PECH.

DISCOVRS AVX DAMES.

LA veneration que i'ay eu toute ma vie pour la Grande IVDITH me donna le desir, il y a quelque temps de faire cét ouvrage, & d'employer pour sa gloire le petit talent que j'ay receu du Ciel, pour la Poësie, & quoy que i'eusse borné mon dessein à quatre ou cinq cens vers seulement, la grandeur de mon sujet & ma propre inclination m'ont engagée dans vne plus longue carriere, ie ne sçay si ie l'auray courüe auec succez, vous en jugerez s'il vous plaist, mes Dames, ie sçay que parmy vous il y en a beaucoup de sçauantes, & peu qui ne soient charitables ; ainsi si vous y trouuez quelque chose qui ait le bon-heur de vous plaire, loüez en l'Esprit Eternel qui me l'a suggeré : que si au contraire ie n'ay rien fait qui soit de vostre goust, souuenez-vous qu'vne femme tout-à-fait engagée dans l'ambarras d'vne famille n'a pas toute la liberté d'esprit necessaire pour ces ouurages, non plus que la politesse estant esloignée de la Cour, & de ces grands Genies qui inspirent les belles choses par la seule conuersation. Si i'auois eu la gloire d'aprocher quelque-fois Mademoiselle d'Escudery, & ses semblables, ie serois moins pardonnable dans mes deffauts, puis qu'il est bien difficile de s'aprocher du feu sans en ressentir la chaleur : Mais le Ciel m'a fait naistre dans vne Region esloignée de ces grands Astres qui ne m'ont iamais esclairée que de leur reputation ; aussi manquant de ces lumieres qui sont necessaires pour ces grands ouurages, ie ne me suis iamais escartée du grand chemin de peur de m'esgarer, i'ay tousiours trauaillé

sur la Sainte Escriture, selon la traduction de l'Eglise; & si
i'ay meslé quelque peu d'inuention dans mon Poëme, ie l'ay fait
pour donner quelques petits agréemens à ceux à qui possible la
seule Histoire sembleroit trop serieuse pour leur diuertissement.
I'ay voulu plustot luy donner le Tiltre de Saint que d'Heroïque,
par ce que ie n'ay point eu de combats à descrire, & que mon
Heroïne ne l'a esté que dans la derniere action de mon ouurage,
qui en est le principal subjet, par tout ailleurs elle n'y paroist que
comme vne Vefue affligée, Pieuse, & Saincte, qui songe à tout
autre chose qu'à des exploits guerriers. Que si i'ay grossi mon
Poëme par le narré du Sacrifice d'Abraham & d'vne partie de
l'histoire de Dauid, sans que l'vn ny l'autre ait aucun raport
auec le sujet principal, outre la liaison que vous y verrez, i'ay
creu que ie vous plairois d'auantage par ces Histoires Saintes,
que par les guerres de Nabuchodonosor. Au reste, mes Dames,
ie mets au iour vn ouurage qu'vn autre y a mis deuant moy, &
quoy que ie n'eusse veu celuy de Monsieur Dubartas, qu'apres
que le mien fut fort auancé, ie n'aurois pas laissé de suiure mon
dessein quand il auroit esté precedé par cette lecture, puis qu'il
est permis à chacun d'aymer ce qu'il trouue raisonnablement aymable, & de loüer ce qu'il croit digne d'estre loüé. Et de plus
vous sçauez que souuent diuerses personnes ont trauaillé sur vn
mesme sujet, vous auez veu deux differentes Comedies de la
mort de Crispe fils de Constantin. Monsieur Demarets & Monsieur de Corneille, ont trauaillé diuersement sur l'Imitation de
Iesus-Christ. Que si ie me suis quelquefois rencontrée auec Monsieur Dubartas en quelques petites choses, ç'a esté par hazard &
sans dessein : Car bien que ie n'eusse peu faillir en imitant vn si
sçauant Poëte, i'aymerois pourtant mieux n'auoir rien en mon
propre que de prendre sur autruy ; Ie vous renuoye à luy, s'il
vous plait, pour la iustification de mon Heroïne, sur la mort
d'Holoferne

d'Holoferne, qui à la verité n'auroit point d'excuse si elle n'eust esté particulierement inspirée du Ciel & de Dieu mesme, qui voulut par vn miracle tout à fait extraordinaire guarentir son peuple de la main d'vn Tyran. Et à regarder cette action comme elle doit estre regardée, l'on ne trouuera rien en cette Illustre Dame qui ne soit grand & heroïque. L'on y trouuera vne pieté sans exemple, vn amour fort & constant pour sa patrie, vne fidelité inuiolable pour son mary : Car bien qu'elle fut l'vne des plus belles & des plus riches Dames de la Iudée & qu'elle fut dans le plus beau de son âge lors que Manassez son mary mourut, elle passa pourtant toute sa vie dans vne sainte viduité, ce qui la rendit si renommée que la saincte Escriture dit expressément que iamais la mesdisance ne trouua rien à dire dans sa vie, ny dans ses mœurs ; que si dans le discours qu'elle tient à Holoferne il paroit vn Saint deguisement que des esprits impies pourroient blasmer de mensonge, ils se souuiendront que selon saint Augustin il faut y adorer les mysteres de Dieu, & non pas accuser de peu de sincerité les ames que sa sagesse a inspirées : Et qu'enfin elle n'a eu pour but que la gloire de Dieu, la conseruation de son honneur, & le salut de sa Patrie. Ie ne doubte point, mes Dames, qu'auec de si beaux caracteres cette grande vefue ne vous plaise beaucoup, & d'autant plus encor qu'elle est proposée à toute l'Eglise pour la figure de la Mere de Dieu qui doit estre l'exemple & l'Amour de son sexe, comme elle en est la gloire & l'ornement : A la verité la regardant de ce costé-là ie me reproche à moy-mesme de n'auoir pas trauaillé auec assez de soin à son image, & si cette pensée me fut venue souuent dans l'Esprit i'aduoüe qu'aussi souuent le Pinçeau me seroit tombé des mains pour n'auoir pas trouué des couleurs assez viues pour satisfaire à mon desir : C'est pourquoy aussi ie pardonne de bon cœur à la Censure de quelque façon qu'elle m'attaque, ie n'ay pas fait ce

Difcours aux Dames.

que ie deuois faire, mais i'ay fait au moins ce que i'ay peu : nonobstant cela si i'euſſe pris conseil de moy-meſme & de ma timidité, ie n'aurois iamais donné congé à cét ouvrage ; Mais ie l'ay
donné pour vne preuue d'amitié à qui ie dois toute la mienne :
Monsieur de Peliſſon dit fort galamment dans le beau difcours
qu'il a fait fur les œuures de Monsieur Sarrafin, que l'on a fou-
uent de grandes raifons pour expoſer de petits ouvrages, & ie
dis que c'eſt là la mienne. Ie ne doubte point, mes Dames que vous
n'ayez le ſentiment de ce grand Homme, & que vous n'approu-
uiez mon deſſein, si vous le faites ie suis aſſeurée que les deffauts
de cét ouvrage ſeront cachez par l'eſclat que vous donnerez à ſes
beautez & ce me ſera vne tres-grande ſatisfaction de ſçauoir
que vous ayez voulu luy donner quelques heures de voſtre
loiſir.

A LA REYNE.
STANCES.

RANDE REYNE, parfaite Image
De la haute Diuinité,
IVDITH a veu ſur ton Viſage
Tous les attraits de la Beauté,
Sa guerriere valeur s'enflamme
Et vient porter ton ſexe & ton nom iuſqu'aux Cieux,
Mais elle attend que tes beaux yeux
L'animent de leur douce flamme.

La Paix, cette fille celeſte,
Auoit repris ſon vol aux Cieux
La guerre auec ſon Dard funeſte
Portoit le rauage en tous lieux,
Les campagnes eſtoient deſertes,
L'on ne voyoit par tout que de marques de düeil,
Et pour entrer dans le cercueil
Mille portes eſtoient ouuertes.

E 2

STANCES.

Mais comme apres vn grand orage
Que le Ciel verſe ſur les flots
Le ſoleil fait voir ſon viſage
Et r'aſſeure les Matelots,
Ainſi, Belle & Diuine Aurore,
Tu fais luire ſur nous le beau iour de la Paix,
Et rends heureuſe pour iamais
Vne Nation qui t'adore.

Enfin nos larmes ſon taries
Le ſiecle d'or eſt de retour,
Nos Bergers dedans nos prairies
Ne parleront plus que d'Amour,
Ils ne craindront plus la Trompette
Qui troubla ſi ſouuent le ſilence des Bois,
Et qui fit taire tant de fois
Le Flageolet & la Muſette.

Nous verrons les jeunes Bergeres
Parées de mille couleurs
Danſer ſur les vertes fougeres
Ou ſur de beaux tapis de Fleurs,
Leur pudeur n'aura plus d'alarmes,
Seules elles iront conduire leurs troupeaux
Dans les preds & ſur les coſteaux
Sans aprehender les Gens-d'armes.

STANCES.

❈❈❈

　Les eaux qui tombent des Montagnes
Rouleront d'vn cours diligent
Sur le bel Email des campagnes
Leur aymable & liquide argent,
Sans redouter plus les outrages
Du Soldat alteré qui les faisoit tarir,
Qui fouloit & faisoit mourir
La verdure de leurs riuages.

❈❈❈

　Sans crainte le fer des faucilles
Abatra dans tous les guerets
Les flots d'or, l'espoir des familles,
L'honneur de la riche Cerez,
Desormais la tranchante espée
Ne se donnera plus au Soldat en fureur,
Et l'attente du laboureur
Par luy ne sera plus trompée.

❈❈❈

　Par tout regnera l'abondance,
Les fruits & les fleurs à foison
Surpasseront nostre esperance
En tout temps, en toute saison,
Et les Villageoises habiles,
Qui ne craignoient rien tant que les Soldats mutins,
Pour en couronner nos festins
Les porteront dedans nos Villes.

STANCES.

L'on n'affligera plus nos ames
Par ces adieux meſlez de cris
Que diſoient & Meres & femmes
A leurs enfans, à leurs maris.
Nous n'irons plus dans les Egliſes
Pour demander la paix, les larmes dans les yeux,
Mais pour rendre graces aux Cieux
Des ioyes qui nous ſont permiſes.

C'eſt par toy Diuine Princeſſe
Que nous gouſtons tant de plaiſirs,
Que noſtre longue peine ceſſe,
Et que tout rit à nos deſirs,
Le Ciel nous donne bien de marques
De l'Amour obligeant qu'il a pour noſtre Roy,
Le preſent qu'il luy fait de Toy
Le rend le plus grand des Monarques.

Quand la valeur qui l'accompagne
Qui le fit vainqueur tant de fois
Auroit rangé toute l'Eſpagne
Sous l'aymable ioug de ſes loix,
Il eut moins priſé cette gloire
Que le diuin obiet dont ſon cœur eſt épris,
Qu'il eſtime d'vn plus grand prix
Que du monde entier la Victoire.

STANCES

Que l'Espagne sera deserte
En perdant son Diuin flambeau,
Que nous gagnerons à sa perte,
Que nostre destin sera beau.
La France du Ciel si cherie
Auec iuste sujet chantera nuit & iour,
Viue la PAIX, viue l'AMOVR,
Viue LOVIS, Viue MARIE.

Puissiez-vous ô couple fidelle
Viure vn siecle tout de beaux iours,
Puisse vne famille immortelle
Couronner vos chastes Amours,
Et qu'enfin LOVIS & l'INFANTE
Puissent porter vn iour leurs glorieux destins
Sur le Trône des Constantins
Pour rendre la Croix triomphante.

PRIVILEGE DV ROY.

PAR Grace & Priuilege de Sa Majesté il est permis à Damoiselle MARIE DE PECH, femme du Sieur de CALAGES de faire Imprimer le liure par elle composé, intitulé *IVDITH, ou la Deliurance de Bethulie, Poeme Saint, dedié à la REYNE*, en tel marge & charactere & autant de fois que bon luy semblera, & defenses sont faites à tous Imprimeurs & Libraires & autres de quelque qualité & condition qu'ils soient, d'imprimer ny faire imprimer, vendre ny debiter d'autre impression que de l'impression faite par son ordre, de son consentement, ou de ceux qui auront charge d'elle, pendant le temps de dix années prochaines & consecutiues, à compter du iour que la premiere impression sera acheuée,à peine de quinze cens liures, confiscation des exemplaires, & tout ainsi comme il est porté par l'original des presentes.

Acheué d'imprimer pour la premiere fois le dirnier iour d'Auril 1660.

IVDITH.

Que cette Peinture est parfaite,
Le Peintre n'eut point de couleur,
Holoferne par sa defaite
A peint Iudith et sa Valeur

IVDITH
OV
LA DE'LIVRANCE
DE
BETHVLIE.
POËME SAINT.

PREMIERE PARTIE.

E chante la valeur d'vne sainte Heroïne,
Qui sauua son Païs au point de sa ruïne,
Qui pour le guarentir de mille oppressions
Surmonta le Vainqueur de mille Nations,
La vaillante IVDITH, cette veûve fidele,
Qui, suivant les transports d'vn saint & noble zele,
Sans redouter la mort qu'on trouue au champ de Mars
Au milieu des Soldats, au milieu des hazards,
Osa faire tomber vne superbe Teste,
Et d'vn grand Conquerant fit sa grande Conqueste.

LA IVDITH,

Toy , qui luy fis dompter ce Tyran inhumain ,
Qui conduisis ses pas , & qui soûtins sa main ,
Qui sauuas sa pudeur & de honte & d'offence ,
Grand Dieu , suggere-moy ce qu'il faut que i'en pense ,
Protecteur d'Israël , qui , par ce prompt secours ,
Arrestas de ses maux le déplorable cours ,
Source de verité , de lumiere & de flâme ,
Daigne guider ma main ainsi qu'à cette Dame ,
Fais-luy si bien tracer cét exploit glorieux ,
Que mon noble Labeur puisse plaire à tes yeux ;
Et puis que pour obiet i'ay seulement ta gloire ,
Fais-moy bien discourir de sa haute victoire ,
Esclaire mon Esprit , & fais qu'en ce Tableau ,
L'immortelle IVDITH Triomphe de nouueau.

Et toy , qui d'Oliuier & de Lis couronnée ,
De la main du Tres-Haut à la France es donnée ,
Toy nouuelle IVDITH , qui nous portes la Paix ,
Et qui viens arrester nos larmes pour iamais ,
MARIE digne espoir & de France & d'Espagne ,
D'vn Prince tout diuin la diuine compagne ,
Prodige de Vertu , de Gloire , & de Beauté ,
Et Pourtrait le plus vif de la Diuinité ,
Race de mille Rois , Princesse incomparable ,
Daigne voir mon Labeur d'vn regard fauorable ,
Prens à gré que ma plume ose tracer icy ,
De tes hautes Vertus vn Pourtrait racourcy ,
Décriuant vne Dame en valeur sans pareille ,
Comme toy de son siecle & l'heur & la merueille ,
Et qui fut comme toy l'Instrument precieux ,
Qui pour le bien public fut enuoyé des Cieux.

Du Iourdain fortuné l'Onde claire & fertile ,
Arrose le Terroir d'vne fameuse Ville ,
Où l'on vit consommer le Tragique appareil
Qui fit trembler la Terre & cacher le Soleil ,
Qui fit rougir de sang les brillantes Estoiles ,
Qui du Temple brisa les magnifiques Voiles ,
Et faisant icy bas de plus puissans efforts ,
Troubla tous les Viuans & fit parler les Morts ,

C'eſt la Ieruſalem où le Sauueur en Terre,
Pour nous donner la Paix, ſe declara la guerre,
C'eſt là qu'il ſçeut ſi bien ſignaler ſon amour,
Que pour nous faire viure il ſe priua du iour,
Qu'il termina ſa Vie au milieu des ſupplices,
Pour nous la redonner au milieu des delices.

Six Siecles devançoient noſtre redemption,
Quand vn fameux Tyran enflé d'ambition,
Et flatê par l'eſpoir d'vne puiſſante Armée,
Voulut charger de fers la Cité renommée :
Mais pour la guarantir d'vn ſi peſant lien,
Dieu le fit trebucher au champ Bethulien.
C'eſt là qu'il fut puny de l'orgueil de ſon crime,
Et qu'vn ſeul bras ſauva Bethulie & Solime,
Solime qui gemis ſous d'infidelles Loix,
Tu te verras bien-tôt affranchir par nos Rois :
Vn ſaint Monarque épris d'vne diuine audace,
T'auroit ſoûmiſe aux Lis aſſiſté de la grace,
Mais le Ciel qui voulut iouïr de Saint LOVIS
Arreſta par ſa mort ſes exploits inouïs,
Pour LOVIS DIEV DONNE' le Ciel t'a deſtinée,
Heureuſe mille fois de te voir Couronnée
De ſes aymables Lis, dont la celeſte odeur
Te doivent redonner ta premiere vigueur.
Sainte Ieruſalem incomparable Ville,
Bien-tôt ſur l'Alcoran doit regner l'Euangile,
Et tu verras bien-tôt par le plus grand des Rois
Arborer ſur tes Murs l'Eſtandart de la Croix.

Nabucodonoſor ce Vainqueur redoutable
Menaçoit ce Climat d'vn deſtin effroyable,
Lors que faiſant marcher cent mille hommes armez,
Hardis & valeureux, à vaincre accoûtumez,
Et dont la cruauté par tout apprehendée,
Auec iuſte ſuict fait trembler la Iudée,
L'orgueilleux Holoferne en eſt le conducteur,
Et des Sceptres briſez l'iniuſte vſurpateur :
Les Monts plus éleuez deuant luy s'aplaniſſent,
Les Fleuves plus profonds apres luy ſe tariſſent,

La crainte & la terreur volent deuant ses pas,
Et l'on voit apres luy la rage & le trespas,
Par tout de sa fureur laissant de tristes marques,
Il voit d'vn œil superbe abaisser les Monarques,
Il voit s'humilier les Princes & les Rois
Qui luy viennent iurer de viure sous ses Loix.
Mais leur soûmission est vaine & méprisée
Holoferne dedaigne vne Victoire aisée,
Il fait agir par tout & la flâme & le fer,
Et ce n'est qu'en Tyran qu'il en veut Triompher.

    Pendant que tout fléchit sous cette grande Armée,
IVDITH, l'illustre veûve en son deüil abismée,
Passe dans Bethulie & les iours & les nuits,
Dans les cuisans regrets & les tristes ennuis,
Mais quoy que ses beaux yeux soient toûiours plains de larmes
Son teint n'a rien perdu de ses aymables charmes,
Ces perles se mêlant à de si belles fleurs
On les voit éclater de plus viues couleurs,
Tout ainsi que les Lis, les Oeillets, & les Roses,
Qu'on voit dans vn Iardin nouuellement écloses,
Porter sur leur feüillage vn humide fardeau
Qui le rend au matin & plus frais & plus beau.
Mais si de son beau teint la grace naturelle
La faisoit estimer si charmante & si belle,
De tant d'autres beautez les merveilleux accords,
De son diuin esprit les precieux tresors
Du Sexe la rendoient l'ornement & l'exemple,
De toutes les vertus son cœur estoit le Temple,
Mais ce cœur trop fidele & ferme à s'affliger
Tout autre iuste soin luy faisoit negliger,
Vn triste souvenir seul a droit d'y pretendre
Ce cœur brûle toûiours pour vne froide cendre,
L'Astre du iour trois fois a iauny les Moissons
Et paré par trois fois d'incarnat les Buissons,
Que son deüil est encor dans sa forme premiere.
Et ce bel œil du iour poursuiuant sa carriere
Ne voit point quelque part où brille sa clarté
De si grande douleur dans la viduité.

Mais c'est vne douleur sage, discrete & sainte,
Elle plaint son Espoux, sans pourtant que sa plainte
Passe iusqu'au murmure, & s'oppose aux decrets
De l'Esprit Eternel qui sonde nos secrets;
C'est de luy qu'elle apprend que dans vn mal extrême
L'Ame fait des Vertus vn riche Diadême,
Qu'elle peut s'acquerir mille felicitez
Lors qu'elle s'affermit dans les aduersitez,
Dans ce beau sentiment cette belle affligée
Ne cherche point à voir sa peine soulagée,
Elle en fait tous les iours offrande à l'Immortel,
Et son cœur innocent est le Prestre, & l'Autel,
Au haut de son Palais vne chambre écartée
Et qui pour l'étre trop n'étoit point frequentée,
Fut le sacré seiour qu'elle voulut choisir
Pour mediter sa perte auec plus de loisir,
Où la nuit & le iour cette pudique Veûve
D'vne extreme douleur fait la funeste épreuve,
Où son esprit sublime en ses iours les plus beaux
N'a pour tout entretien que de tristes tombeaux.

   Tout ainsi que l'on voit la chaste Tourterelle
Apres auoir perdu sa compagne fidelle
Ne s'arrester iamais que sur quelque bois mort
Où sans cesse elle plaint la rigueur de son Sort,
C'est ainsi que viuoit la Veûve incomparable,
Quand Israël craignoit vn Sort plus déplorable,
Car la Religion, & le tranquille Estat
S'en alloient trebucher sous vn fier Potentat.

   Tandis cét inhumain, ce destructeur des Princes,
Enflé de ses progrez desole les Provinces,
Ierusalem fremit, & son plus grand effroy
Est d'étre sous le ioug d'vne payenne Loy,
Le pieux Ioachin doüé de prevoyance
Pour sauver ce Païs d'vne iniuste puissance,
Par des vistes Courriers fait sçauoir en tous lieux
Le tragique dessein du Prince ambitieux,
Qu'il est le general d'vne puissante Armée,
Qu'il vient pour saccager la Terre bien-aymée,

Mais que pour resister à de si rudes coups
Ils doiuent d'vn seul Dieu desarmer le courroux,
Et puis en bons Soldats, hardis, de grand courage,
Se munir dans les Forts, s'opposer au passage,
Combatre vaillamment contre l'Assirien,
Qui viole, & qui tuë, & qui n'épargne rien,
Les Courriers dépechez ce Vieillard saint & sage
De son Peuple effrayé r'asseure le courage,
Et les assemblant tous dans la sainte Maison
Fait ouïr dans les Cieux cette ardante Oraison.

Grand Dieu dont le secours fait gaigner les Batailles
Defends de nos Citez les tremblantes Murailles,
Repousse les Tyrans qui sont tes ennemis,
Et protege Iuda puis que tu l'as promis,
Sauue ce Tabernacle où l'Hebreu te contemple,
De ces profanateurs preserue ton saint Temple,
Que ta Ierusalem éprouue dans ce iour
Qu'elle est le cher obiet de ton fidel amour,
Ruïne les proiets de ce Prince barbare,
Fais-luy sentir le coup que sa main nous prepare,
Fais perir Holoferne, & ce camp si nombreux,
Et montre que ton bras est le bras des Hebreux.

Le Ciel semble auoüer vn si pieux langage
Par mille nouueaux feux il en rend témoignage,
Et ce sage Vieillard qui ce Peuple conduit
D'vn saint zele enflamé par ce discours l'instruit.

Perseuere Israël dans ta sage conduite,
Ton Dieu mettra bien-tôt tes ennemis en fuite,
Souuiens-toy d'Amelec par Moïse dompté,
Et voy dans leur combat leur inégalité,
Le premier attaqua par puissance, par armes,
Le dernier surmonta par de pieuses larmes,
L'vn se vit terrasserauec ses legions,
L'autre fut triomphant auec ses Oraisons:
Ainsi Peuple choisi poursuy ta penitence,
Tu dois en esperer la prompte déliurance,
Cependant pour porter le remede à nos maux,
Chacun doit de la guerre essuyer les trauaux,

C'est

C'est dans le dur trauail & dans la vigilance
Que Dieu donne aux humains sa Diuine assistance,
Et quand nous nous voyons en estat de perir,
C'est par nos propres mains qu'il nous vient secourir.
    Ainsi du peuple esleu le Pasteur & le guide
Donne de la vigueur au cœur le plus timide,
Il fait cherir la peine au plus effeminé,
Le plus foible au trauail veut estre destiné,
L'vn porte vn roc pesant sur les hautes murailles,
L'vn creuse du fossé les profondes entrailles,
L'autre va charrier du sable & du mortier
Pour reparer des murs vn ruïneux quartier :
Mais si l'ardent Hebreu se presse dans la ville
Pour bien fortifier le Sainct & noble azile,
On le voit dans les champs au prompt aduis donné
Se courber au trauail sous vn front estonné ;
Les bons Bethuliens qui sont sur le passage,
Et qui sont les premiers exposez à l'orage,
Trauaillent, qui dedans, qui dehors la cité,
Pour porter quelqu'obstacle au pouuoir indompté,
Mais la trop grande ardeur les confond pesle & mesle,
Ils se brouillent entre eux pour auoir trop de zele,
On n'entend point des chefs la parole & la voix,
Tous veulent conseiller, tous parlent a la fois,
Et la confusion dans la ville est si grande,
Qu'on ne s'aperçoit point de celuy qui commande.
    Comme on void sur la Mer quand l'orage a creué
Vn vaisseau par les flots dans les airs soûleué
Tomber en vn clin d'œil dans la vague inconstante,
Puis pressé par l'effort d'vne rude tourmente
Se briser contre vn banq dans le milieu des flots,
Et mille cris aigus troubler les Matelots,
Alors pour se sauuer d'vn funeste naufrage
L'vn va chercher icy son salut à la nage,
Et s'élançant soudain du perilleux vaisseau
Se iette dans la Mer pour se sauuer de l'eau,
Là l'autre pour fuïr vne mort si fatale
Submerge le fardeau qui peze à fonds de Cale,

B

Croyant se guarantir du terrible danger
Quand il rend le Vaisseau plus prompt & plus leger ;
Enfin sans écouter le Conseil du Pilote,
Châcun fait ce qu'il veut au nauire qui flote,
Ainsi paroit alors le saint peuple alarmé
A l'aspect du tyran si puissamment armé :
Mais tandis qu'Israël au combat se destine,
Holoferne en son camp medite sa ruïne,
Emerueillé de voir de foibles ennemis
Prests à luy resister quand il les croit sousmis.

    Le tonnerre grondant qui fait tant de miracles,
Fait beaucoup moins de bruit en trouuant des obstacles,
Que ce fier conquerant ne montre de courroux
Les voyant preparer à soustenir ses coups,
Plus fougueux qu'vn Lyon lors qu'il est en sa rage,
Il assemble les chefs & leur tient ce langage.

    Braues Assiriens l'honneur de l'Vniuers,
Qui venez d'asseruir tant de peuples diuers,
La Iudée (dit-on) ce petit coin de Terre,
Ose se preparer à soustenir la guerre,
Connoit-elle si peu Nabucodonosor,
Qu'oyant bruire son nom elle resiste encor,
Qui de vous de ce peuple a quelque connoissance,
Qui connoit sa valeur, qui connoit sa puissance,
Qui connoit ses citez, ses richesses, ses Roys,
Et qui les rend si vains de mespriser nos Loix.

    A ces mots Achior Prince des Amonites,
Instruit par vn Hebreu des mœurs Israëlites,
Et de qui la valeur luy donnoit grand credit,
Pour tous les autres chefs ainsi luy répondit.

    Seigneur le peuple Hebreu l'objet de ta colere,
Dans son commancement eut Abraham pour Pere,
Ce fameux Abraham dont la posterité
Regit les bords du Nil auec authorité :
Car l'vn de ses Neueux par sa vertu sublime,
Gaigna du Roy d'Egypte & l'amour & l'estime,
Et ce Prince charmé de son Diuin sçauoir,
Sousmit tout son Empire à son sage pouuoir,

Ioſeph ce fut le nom de cet Iſraëlite,
Vendu par ſes germains fut conduit en Egypte,
Où s'eſtant eſleué par deſſus ſes ſouhaits,
Au lieu de ſe venger les combla de bien-faits,
Sa generoſité pour eux fut ſans égale,
Car ſçachant la famine en ſa Terre natale,
Il meſnagea ſi bien l'eſprit de Pharaon,
Que l'Egypte receut toute ſa nation :
Mais-apres ſon treſpas ſa patrie affligée
Par les Egyptiens fut touſiours outragée,
Vn nouueau Pharaon vint regner à ſon tour,
Qui la fit ſans loyer trauailler nuiƈt & iour :
Ces pauures eſtrangers ſous vn ioug tyrannique
Eſſuyerent long temps vne haine publique,
Qui de s'en retourner leur donna le deſir,
Mais ce Roy les priua de ce iuſte plaiſir,
Et craignant des Hebreux la fatale ſemence,
Il faiſoit eſtouffer leurs fils en leur naiſſance,
Pour ne pas voir vn iour ces captifs affermis,
Se ioindre adroitement auec ſes ennemis.
Mais alors qu'il croit voir ſa fureur aſſouuie,
Sa fille ſans deſſein trompe ſa noire enuie,
Lors que ſe promenant ſur les riues du Nil,
Elle voit dans le fleuue en extreme peril
Vn admirable enfant qu'vne dolente mere
Pour éuiter le coup d'vn arreſt ſi ſeuere,
Et guarantir ſes iours de la main des bourreaux
Auoit commis en garde au courant de ſes eaux,
Thermut l'en fait tirer & remarquant ſes charmes
Verſe ſur ſon deſtin de genereuſes larmes,
Admire auec plaiſir ſa parfaite beauté,
Puis blaſme du tyran l'extreme cruauté,
Et d'vn amour de Mere eſtant ſoudain eſpriſe,
L'adopte pour ſon fils, & le nomme Moyſe :
Car n'ayant point d'enfant cet Hebreu fortuné
Fut par cette Princeſſe à ce rang deſtiné ;
Et Pharaon luy meſme à l'enuy de ſa fille
Sur Moyſe fondoit l'eſpoir de ſa famille :

Mais enfin secoüant les grandeurs de la Cour
Aux peines d'Ifraël il fongeoit nuict & iour,
Il frequentoit les bois & les lieux folitaires
Pour réuer aux moyens de deliurer ses freres,
Et de brifer les fers de ce peuple afferui,
Se montrant par ce foin digne fang de Leui.
Vn matin qu'il rouloit ce penfer dans fon ame,
Il va voir vn buiffon tout couronné de flâme,
D'où partoit vne voix qui le faifant fremir
Dans vn fi grand deffein vint encor l'affermir,
Moyfe (dit la voix) ie fuis le Dieu fuprême,
Qui laffé des ennuis d'vn cher peuple que i'aime,
Viens t'ordonner ici qu'auec ton frere Aaron
Tu l'ailles deliurer des mains de Pharaon :
Mais comme à ton deffein il mettra des obftacles,
Ton bafton dans ta main fera tant de miracles,
Par l'occulte pouuoir qu'il receura de moy,
Que tu feras trembler ce redoutable Roy.
Soudain il luy fait voir par vn miracle eftrange,
Que ce bois iaune & fec en vn ferpent fe change,
Et dans le mefme temps ce petit reietton
Ceffe d'eftre ferpent & redeuient bafton,
Moyfe obciffant à la voix adorable,
Va trouuer promptement ce prince impitoyable,
Luy dit que du Tres-Haut la ferme volonté
Eft de voir au pluftoft fon peuple en liberté :
Mais il le preffe en vain de détacher fes chaifnes,
Pharaon le mefprife & redouble leurs peines,
Le Ciel intereffé de ce retardement,
De mille fleaux diuers le frappe inceffamment,
Et l'on voit vne verge en miracles feconde
Soufleuer contre luy le Ciel, la Terre, & l'onde,
Luy prefenter la mort de toutes les façons,
Sans qu'il puiffe quitter les funeftes foubçons ;
Le Nil eft tout en fang, & la Terre eft couuerte
D'infectes affamez qui la rendent deferte,
Vne effroyable nuict regne pendant trois iours
Lors que pour les Hebreux le Soleil fait fon cours ;

Pharaon sans relâche entant gronder la foudre
Sans qu'à le voir partir il puisse se resoudre,
Iusqu'à tant qu'on va dire à cet infortuné,
Que de châque famille on a tué l'aisné,
Qu'vne inuisible main sanglante & redoutable,
A fait sentir au sien vne mort pitoyable;
A ce coup il se rend, & chasse loin de luy
Vn peuple qui le plonge en vn si grand ennuy:
Mais à peine l'Hebreu gouste sa deliurance,
Que le cruel tiran r'entre en sa méfiance;
Il ne peut consentir à perdre ses captifs,
Et les poursuit soudain comme des fugitifs.
Quatre siecles durant le peuple Israëlite
Auoit porté le ioug des monarques d'Egypte,
Et s'estoient dans ce temps si fort multipliez,
Que six cens mille Hebreux se virent assemblez:
Toutesfois Pharaon au dépit qui le dompte,
Ioint vn nombre infini qui ce nombre surmonte,
Cent mille chariots volent de toutes parts,
Qui portent le trespas sur ces pauures fuyards,
Et les deux camps estans à petite distance,
Chacun d'eux en cognoit l'extreme differance,
Israël va pleurant sa courte liberté,
Et ne sçait où fuïr en cette extremité,
Desia mille mutins armez contre Moyse,
Condamnent hautement sa loüable entreprise,
Imputent tout l'effect de sa commission
Au desir déreglé de son ambition:
Mais luy sans s'estonner pour cet iniuste outrage,
Par de fermes discours releue leur courage,
Puis faisant succeder le silence au discours,
Il implore en son cœur le Celeste secours;
A peine a t'il leué les yeux vers l'Empirée,
Que haussant son baston d'vne main asseurée,
Et le faisant tremper au liquide element,
Il saisit tous les cœurs d'vn saint estonnement,
La Mer ouurant son sein s'écarte & leur fait place,
Faisant des deux costez deux murailles de glace;

Les Hebreux admirant ce prodige nouueau,
Paſſent tous à pied ſec au plus profond de l'eau,
Et gaignent l'autre bord par cette heureuſe voye,
Alors que Pharaon qui pourſuiuoit ſa proye,
Découvrant vn chemin & ſi large & ſi beau
S'y iette auec les ſiens, mais ce fut ſon tombeau,
Les Eaux ſe reſſerrant terminerent la guerre,
De tant d'Hommes pas vn n'en reſta ſur la Terre,
La Mer les engloutit, & la fureur des flots
Triompha de ce Prince & de ſes Charriots;
Iſraël enhardy du miracle viſible,
Sous l'Amour de ſon Dieu ne croit rien d'impoſsible,
Grimpe ſur des deſerts où iamais l'œil du iour
Ne vit aucun mortel y faire ſon ſeiour,
Là ſon Dieu redoublant miracle ſur miracle,
Des lieux inhabitez luy fait vn habitacle,
Change en vn doux Nectar des Eaux comme du fiel,
Et les nourrit long-temps auec le pain du Ciel.
Ce Peuple tombe enfin en des erreurs étranges,
Se dégoute des mets apreſtez par les Anges,
Et par vn changement effroyable & nouveau,
Il quitte ſon vray Dieu pour adorer vn Veau,
Vn Veau qu'ils auoient fait de toutes leurs richeſſes,
D'vn faux zele animez ils en firent largeſſes,
De ſes plus chers treſors chacun vuida les mains,
Pour s'éleuer vn Dieu du Demon des humains,
Aaron meſme tomba dans le plus noir des crimes,
A cette maſſe d'Or il offrit de Victimes,
Moïſe le trouuant en ce funeſte employ,
Le tança rudement, & reueilla ſa Foy,
Puis voulant exercer vne vengeance prompte
Fit ietter dans le feu ce brillant Dieu de fonte,
Et ioignant le party contraire à ces Fauteurs,
Fit paſſer par le fer tous ces Adorateurs,
Iſraël pluſieurs fois redoubla ſes iniures,
Mais Moïſe éleuant vers le Ciel ſes mains pures,
Apaiſoit de ſon Dieu les ſentimens ialoux,
Et par vn zele ardant deſarmoit ſon courroux.

Apres luy Iosué prit ce Peuple à conduire,
Son Dieu mesme voulut de son devoir l'instruire,
Luy montra les Centiers par ce Heros battus,
Luy donna son Esprit, son Cœur & ses Vertus,
Adioustant à ce don vne valeur Diuine,
Qui de ses ennemis poursuivant la ruïne,
En vn de ses Combats marqué de mille exploits,
Ce vaillant Fils de Nun triompha de cinq Rois,
Il n'auoit pas encor vne Victoire entiere
Quand le flambeau du iour acheuant sa carriere
Luy fait aprehender qu'à l'ombre de la Nuit
Le Vaincu n'échapat au Vainqueur qui le suit;
Alors tournant ses yeux vers ce bel œil du Monde,
Arreste, luy dit-il, n'aproche pas de l'Onde
Que ie n'aye mis fin à tous ces differens
En faueur de mon bras prolonge tes momens,
Regne vne fois sans nuit le cours de deux iournées,
Pour m'ayder à dompter cinq Testes couronnées,
Ne crains point de soüiller tes rayons en ce lieu,
Nous répendons le sang des ennemis de Dieu:
A ces cris le Soleil redoublant sa lumiere,
Remonte tout brillant au haut de sa carriere,
Et trompant de Thetis l'attente & le desir,
Vient combler Iosué de gloire & de plaisir.
Ce Heros profitant de son obeïssance,
En raporte l'effet à quelqu'autre puissance,
Et des Amorréens se vengeant à souhait,
Les immole à son Dieu pour vn nouueau bien-fait,
Les Hebreux secondant vn si braue courage,
Chassent trente & vn Rois de leur propre heritage,
Rien ne leur resistoit tout leur estoit soumis,
Mais ils ne tindrent pas ce qu'ils auoient promis,
Croyant de tromper Dieu les Hebreux se tromperent,
Ces lâches, ces ingrats d'autres Dieux adorerent,
Et le vray Dieu du Ciel de sa Gloire ialoux,
Retira ses faueurs, & montra son courroux
Pour vn crime si grand la peine fut legere,
Il en liura plusieurs à la main estrangere,

Mais son fidel amour pour vn peuple inconstant
Le desarmoit soudain qu'il estoit repentant:
Toutesfois se voyant plusieurs fois méconnoistre
Autant de fois aussi les fit changer de Maistre,
Enfin, apres ces maux, ces peuples r'alliez
S'estant auec leur Dieu bien reconciliez
Sont remontez icy, Ierusalem possedent,
Ne pretends point Seigneur que iamais ils la cedent;
S'il est vray que leur Dieu soit pour eux auiourd'huy
Nous serions insensez de nous en prendre à luy,
Plustost si tu les vois retomber dans l'offense,
Il te les liurera pour tirer sa vengence ;
Ce peuple delaissé manquant à son deuoir
Ressentira bien-tost ton supreme pouuoir.
Mais ie lis dans tes yeux que ce discours t'anime,
Modere vn peu Seigneur cette ardeur magnanime,
Songe à ta seureté, laisse là les Hebreux,
Ouy, nous y perirons s'ils ont leur Dieu pour eux ;
S'il veut icy la paix, n'y faisons plus la guerre,
C'est le Dieu d'Israël qui lance le tonnerre,
D'inuisibles soldats marchent à ses costez
Prompts pour executer toutes ses volontez ;
C'est le puissant moteur de tout ce vaste monde,
Il fait tout ce qu'il veut sans qu'aucun le seconde,
Il crea l'Vniuers par sa feconde voix,
Et l'estre, & le neant, sont suiets à ses loix,
Il a dessus les Roys la puissance supreme,
Nabucodonosor luy doit son Diademe,
C'est de luy que depend & la vie & la mort,
La force, la valeur, la fortune & le sort.

    Comme l'on void la Mer quand l'orage est extréme
Dans son bouillant courroux sortir hors d'elle mesme,
Lors qu'éleuant ses flots au plus haut des rochers
Elle oste tout espoir aux plus hardis nochers,
Tel paroit Holoferne, & plus terrible encore,
Oyant parler du Dieu que la Iudée adore,
Il croit que son Roy seul doit auoir des Autels,
Et qu'il doit estre seul adoré des mortels ;

Tant qu' Achior parla sa langue fut captiue,
Il luy presta toûiours vne oreille attentiue,
Mais ce dernier discours allumant son dépit
Ce fier Assyrien le silence rompit,
Quoy, dit-il, insolent as tu bien cette audace
De confesser vn Dieu mesme devant ma face,
Nabucodonosor n'a-t'il pas en ses mains
Malgré ses ennemis le destin des humains,
C'est le Maistre absolu de la Terre & de l'Onde,
Nous ne connoissons point d'autre Dieu dans le Monde,
Cependant animé d'vn desir criminel,
Tu parois devant nous Partisan d'Israël,
Et bien puis qu'il te plaist de suiure ses maximes
Tu sentiras bien-tost la peine de tes crimes,
Lors que i'immoleray les Hebreux à mon Roy,
Ie iure icy par luy de commencer par toy,
Va respirer chez eux ta derniere iournée:
Mais, lâche tu pâlis, ton ame est estonnée,
Crains tu pour les Hebreux que tu cheris si fort,
Leur Dieu les sauvera de nostre vain effort,
Si tu le crois ainsi, cette crainte l'outrage,
Ie iugeray pourtant mieux à ton auantage,
Tu trembles pour toy-mesme, ame ingrate & sans foy,
Indigne de l'honneur que tu receus de moy,
Alors que, t'élevant plus que tu ne merites,
Ie te fis nommer Chef de tous les Amonites,
Qui m'ayant pû fournir d'hommes plus valeureux,
Murmuroient du mépris que pour toy ie fis d'eux.
Mais les mesmes de qui la valeur fut trompée,
Dans les flots de ton sang tremperont leur épée,
Et vengeront sur toy l'erreur que ie commis,
Te traitant à l'égal de tous nos ennemis.
      Ainsi témoigna alors cette Ame infortunée
De quel aspre courroux elle estoit forcenée,
Tandis que d'Achior l'eminente vertu
Luy fait souffrir ce choq sans en estre abatu,
Tant il est affermi dans sa noble asseurance,
Et bien, dit-il, Seigneur si ce discours t'offence,

C

Ie suis prest à souffrir la mort devant tes yeux,
Mourant pour ce suiet ie mourray glorieux,
Celuy que i'ay loüé, le Ciel mesme le loüe;
I'ay changé de couleur, il est vray, ie l'aoüe,
Mais ma confusion n'a point eu d'autre obiet
Que d'auoir trop peu dit d'vn si digne suiet.

　　Là finit le discours du chef vaillant & sage
Qui du Dieu d Israël crayonnoit vne Image
A cét Esprit malin, à ce superbe cœur,
Qu'vn endurcissement retenoit dans l'erreur.
O miracle du Ciel, ô prodige de grace,
Vn aueugle peut-il découurir cette trace,
Vn aueugle peut-il dans l'erreur d'vn Payen
Parler du premier Estre, & du supreme bien,
O surprenant effet d'vne diuine flame,
Que l'Esprit Eternel a versé dans cette Ame,
Achior la ressent, & bien-tost dans son cœur
Ce feu de Charité restera le vainqueur.

　　Holoferne brûlant d'vn desir de vengeance
Voit auec des transports cette noble licence,
Il est presque en estat de le faire tüer:
Mais ce qu'il a promis il veut l'effectuer,
A moy, dit-il, Soldats attachez ce perfide,
Menez-le sans delay vers la race Izacide,
Auec elle il mourra comme i'ay protesté
Sans craindre le courroux de ce Dieu tant vanté.

　　A peine a-t'il formé ce superbe langage
Que les executeurs de sa cruelle rage
Saisissent Achior, le lient fortement,
Et puis vers Bethulie ils marchent promptement.

　　Tel qu'on voit vn Lyon au pouvoir de son Maistre
Montrer plus de fierté lors qu'il le veut soûmettre,
Le regarder d'vn œil qui le rend estonné,
Et le faire trembler bien qu'il soit enchaîné,
Tel paroit Achior aux Soldats qui le menent,
Il semble triompher de tous ceux qui l'enchaînent,
Et de son noble orgueil ces Soldats alarmez
Craignent quelque dommage encor qu'ils soient armez.

IVDITH.
SECONDE PARTIE.

DEsia tous les obiets commençoient d'estre sombres,
Le iour se retiroit pour faire place aux ombres,
Et la nuit qui sortoit de son triste manoir
Couvroit tout l'Vniuers de son grand voile noir,
De cette obscurité Holoferne se fâche,
Pensant que les Hebreux sentent quelque relâche,
Et le nouveau courroux qui le vient dominer
Ne veut point que son bras leur en puisse donner,
Il luy semble dëia qu'il les reduit en poudre,
Qu'Achior le premier sent le coup de sa foudre,
Que de sa propre main il luy perce le flanc,
Qu'il trebuche à ses pieds, & verse tout son sang :
Mais lors que ce Payen medite sa vengeance,
Israël de son Dieu reclame la puissance,
Et les Bethuliens dans le Temple assemblez
Arrousent de leurs pleurs leurs visages troublez,
Vne iuste douleur leur donne mille atteintes,
Et l'on n'entend par tout que soûpirs & que plaintes ;
Le Prince Ozias mesme en cette extremité
Ainsi que de secours manque de fermeté.
Il fait suiure vn conseil qu'il trouve salutaire,
Et fait tout le premier ce que chacun doit faire,
Il se couvre de cendre, & les larmes aux yeux,
La face contre Terre, & le cœur vers les Cieux,
Il inuoque le Nom du Seigneur des Armées,
Mille voix à sa voix de douleur animées
Répondent ardamment, d'vn lamentable son,
Et font haut retentir cette sainte Maison ;
Ainsi passe la nuit & l'aube matiniere
Ne romp pas leur sommeil, elle romp leur priere,
Et dés que l'œil du iour fait briller ses regards
Ce Peuple sort du Temple, & court sur les Remparts ;

C 2

Là leur frayeur s'accroit, là redoublent leurs peines,
Là leurs bras defarmez se preparent aux chaifnes,
Et découvrant déia le camp Afsyrien
Ils aprehendent tout, & n'efperent plus rien.
Mais à peine l'on voit cette Armée nombreufe
Tant la Campagne eft lors obfcure & tenebreufe,
Car l'on croit plûtot voir des rudes tourbillons
Que des rangs de Soldats, & de fiers Bataillons,
Sous les pieds des Chevaux s'éleve vne poufsiere,
Qui de l'Aftre du iour offufque la lumiere,
Et tout l'Air retentit bien loin aux environs
Par le bruit des Tambours, des Fifres & Clairons,
L'on voit de tous coftez arriver dans la Ville
Ceux qui peuvent alors la prendre pour azile,
Les plus foibles Vieillards, les plus ieunes Enfans
D'vn pas precipité fe retirent des champs.

Comme on voit les Bergers & les ieunes Bergeres
Surprifes en danfant fur les vertes fougeres
S'enfuir en defordre & gaigner les Hameaux
Quand l'orage impreueu fait courber les Ormeaux,
Ainfi voit-on alors dans toute la Campagne
Le fuyard Villageois que la peur accompagne
Courir dans Bethulie, ou plûtot y voler,
Pour fuïr le Tyran qui les veut defoler.
Mais tandis que l'Hebreu fent de telles alarmes
Le camp Afsyrien cherche à pofer les armes,
Et choififfant l'endroit le plus propre à camper,
Les Bois & les Rochers l'on commence à couper,
La coignée, & l'épieu l'vn l'autre fe confondent,
Les Echos d'alentour à ce haut bruit répondent,
Vne antique Foreft où dés le point du iour
Mille chantres aiflez parlent de leur amour,
Et celebrent fans fin l'honneur de fes ombrages
Par de tons redoublez, & de nouveaux ramages,
Invitant les paffans par mille chants divers
A iouïr du repos defous fes rameaux vers,
Cét aymable feiour refpecté du Tonnerre,
Voit éclaircir fes troncs par ces foudres de guerre,

Et du matin au soir le grand flambeau des Cieux
Pour la premiere fois vient esclairer ces lieux,
Tout s'ébranle à la fois, les rochers & les arbres,
Ces furieux soldats feroient crouler les marbres;
Enfin tout s'applanit, & l'on voit tresbucher
Sous l'effort de leurs mains & l'arbre & le rocher,
Desia de tous costez l'on voit dresser les tentes,
Mille enseignes en l'air de couleurs differentes,
Opposent au Soleil vne varieté,
Qui de ses beaux rayons prend toute sa beauté.
 Comme on voit au printemps les richesses de Flore
Briller d'vn vif éclat au leuer de l'aurore;
Ainsi l'on voit alors les rayons du Soleil
Donner à ces couleurs vn éclat nompareil:
Mais aux yeux des Hebreux cet vn objet terrible,
Qui frappe d'autant plus que plus il est visible,
Et pouuant discerner quels sont ces ennemis,
Le plus petit espoir ne leur est plus permis,
Les femmes sur les murs de douleur oppressées,
Pensent desia d'y voir les eschelles dressées,
Et que dans leur maison de l'vn à l'autre bout,
La main Assyrienne y saccage par tout,
Que ces audacieux destruisant leurs familles
Rauissent leur honneur & l'honneur de leurs filles,
Et que ces inhumains & cruels triomphans
Dans le sein maternel égorgent les enfans,
L'esprit se figurant cette effroyable image,
Leurs mains de desespoir outragent leur visage,
Elles poussent au Ciel des cris meslez de vœux,
Se meurtrissent le sein, s'arrachent les cheueux,
Et l'on voit en ce iour ces pauures desolées
Courir sur les remparts toutes écheuelées,
Se presser pour mieux voir cet objet redouté,
Faisant de leur malheur leur curiosité.
 Cependant que IVDITH dans sa chambre paisible
Aux maux de son pays paroissoit insensible,
S'abandonnant si fort à ses propres malheurs,
Qu'elle ignoroit encor les publiques douleurs,

C 3

Et que le Ciel encor pour redoubler ses larmes
Preparoit à son cœur de nouuelles alarmes,
Elle s'entretenoit auec ses déplaisirs,
Poussant vers vn tombeau d'inutiles soûpirs,
Lors qu'elle voit entrer Abra toute Alarmée,
Madame, luy dit-elle, vne nombreuse armée,
Dont chacun craint par tout l'implacable courroux
Choisit cette cité pour le but de ses coups,
Elle a desia campé, l'on la voit des murailles,
Elle a vaincu par tout sans donner de batailles,
Et les plus puissans Roys feroient de vains efforts
Sur le nombre infini qui compose son corps,
Ioachim nous l'escrit, & nous fait bien connoistre
Par les traits affligeans de sa funeste lettre,
Que si nous n'auons point vn secours plus qu'humain
Nous allons succomber sous l'infidele main,
Desia d'vne priere & publique & feruente
Le Temple a raisonné dans la nuict precedente,
Ozias ieusne, prie, & consommé d'ennuy
Inuite tout le peuple à faire comme luy;
C'est, luy répond IVDITH, vne infaillible voye
Pour détourner les maux que le Ciel nous enuoye,
Peut estre veut il voir par vn feint chastiment
Si nous scaurons prier & souffrir constamment:
Mais suis-ie dans mon dœuil si fort enseuelie,
Que i'ignorasse encor le sort de Bethulie;
O triste souuenir, ô manes d'vn espoux,
Auec iuste suiet ie ne songe qu'à vous,
Ie pourray toutesfois sans vous estre infidele,
Vous laissant tout mon cœur, luy donner tout mon zele,
Luy donner tous mes soins, & ioindre dans ce iour
Le deuoir, l'amitié, la douleur, & l'amour.
Mais depuis quand Abra scais tu nostre détresse,
Que tu n'en ayes point auerti ta maistresse,
Craignois tu point de voir redoubler mes ennuis,
Rien ne peut les accroistre en l'estat où ie suis,
Ce matin, dit Abra, m'acheminant au Temple
I'ay veu, pour m'estonner vn suiet assez ample,

Tout Bethulie en corps fortoit de ces fainéts lieux
Les plaintes dans la bouche & les larmes aux yeux,
De cette nouueauté me fentant l'ame émeuë,
I'en demande la caufe, & foudain ie l'ay fçeuë,
L'on me dit Qu'Holoferne vn Prince Affyrien
Auoit defia bloqué le mur Bethulien,
Et qu'Ozias a fait lecture d'vne lettre,
Que de Ierufalem nous efcrit le grand Preftre,
Qui nous menaffe tous d'vn pitoyable fort,
Et ne parle par tout que de guerre & de mort,
Celuy qui m'entretient auec ces mots me quitte
Pour fuiure fur les murs la foule qui l'inuite,
Ie la fuis tout de mefme, & mes yeux font tefmoins
Qu'Holoferne eft fuiui d'vn monde pour le moins,
Si vous voulez le voir, Madame, ie m'affeure,
Que vous en tirerez la mefme coniecture,
Il ne faut que monter à la plus haute tour
D'où l'on peut voir le camp & bien loin à l'entour,
L'affligée IVDITH penfiue & languiffante,
Marche & monte à la tour que luy dit fa feruante,
Tant pour y fatisfaire vn defir curieux,
Que pour ouurir fon cœur à la clarté des Cieux :
Car c'eftoit là l'endroit où cette Illuftre Iuifue
Alloit tous les matins faintement attentiue,
Renouueller fes vœux, ainfi que fes foûpirs,
Et mefler fon efpoir auec fes déplaifirs,
Apres auoir rendu fon tribut ordinaire
Et fait pour fa patrie vne ardente priere,
Elle efpand fur les champs fes humides regards
Cherchant à découurir les Payens eftendarts :
Mais leur recherche encor n'eftoit point fatisfaite,
Lors qu'vn nouuel objet les borne & les arrefte,
Ils vont voir dans la pleine vn illuftre eftranger,
Ainfi qu'à fon habit on pouuoit le iuger,
De cinq ou fix Hebreux il paroiffoit la proye,
Et fembloit toutesfois de les fuiure auec ioye,
Car d'vn pied libre & prompt, & d'vn air qui plaifoit,
Il marchoit vers la ville où l'on le conduifoit :

IVDITH voulant sçauoir quelle est cette auenture,
Qui pour la démesler luy paroit trop obscure,
Veut qu'Abra l'aille apprendre, & l'enuoyant soudain,
Elle arreste à la tour dans son premier dessein,
Cependant Abra part auecque diligence,
Et se rend à la porte où la troupe s'auance,
A peine a t'elle pris haleine en s'arrestant,
Que ceux qu'elle attendoit arriuent à l'instant,
L'on void lors au guerrier que les Hebreux conduisent,
La gloire & la grandeur qui sur son front reluisent,
L'on y voit éclater les traits de la valeur,
Sans monstrer pour son sort ny crainte, ny douleur:
Mais quoy qu'en grand silence à la ville ils arriuent
Bien tost les Citoyens s'assemblent & les suiuent,
Se demandent l'vn l'autre auec empressement,
Quel est cet estranger & cet euenement,
Tous sur vn tel subjet ayant la bouche close
Tous vont chez Ozias pour apprendre la chose ;
C'est là que l'estranger est sur l'heure conduit,
C'est là qu'au premier rang la sage Abra le suit,
Ozias est raui de voir sa bonne mine,
L'estranger deuant luy iusqu'à terre s'incline,
Sa face venerable exigeant ce respect,
Croiray-ie point (dit-il!) de vous estre suspect,
Et que vostre courroux iustement ne s'irrite,
Lors que ie vous diray que ie suis Amonite ;
Ouy, ie le suis Seigneur, & mon bizarre sort
Me conduit en vos mains, ou plustost à la mort,
Si vous me soubçonnez de quelque stratageme,
Ou si la verité s'explique d'elle mesme,
I'espere que bien tost mon fidele discours
De vos iustes soubçons arrestera le cours ;
C'est bien, dit Ozias, ce que mon cœur demande,
Mais nous n'obseruons pas vne rigueur si grande,
Vn homme tel que vous n'a rien à redouter,
Dites moy vos raisons, ie veux les écouter,
Apprenez moy comment l'armée d'Assyrie
Vient fondre dessus nous auec tant de furie,

Nabuco-

Nabucodonosor le plus puissant des Roys,
  Qui tient assuiettis tant d'Estats sous ses loix,
Croit-il bien augmenter le lustre de sa gloire,
S'il attache Israël au char de sa victoire.

  Seigneur, dit Achior, ce Prince ambitieux,
Comme vn nouueau Titan veut escheler les Cieux,
Israël n'est pas seul qui doit sentir ses armes
A l'vniuers entier il donne des alarmes,
Et depuis qu'Arphaxad à senti son pouuoir,
Sa fole vanité ne se peut conceuoir,
C'estoit vn Roy Medois qui par mainte victoire,
De premier conquerant luy disputoit la gloire,
Qui bastit Ecbatane auec tant de beautez,
Que l'on peut la nommer la Reyne des Citez,
Il y couloit ses iours dans vne paix profonde,
Et sembloit estre alors le seul maistre du monde,
Quand le Roy d'Assyrie allumant ses desirs
Fut resueiller ses soins & troubler ses plaisirs,
Et de l'ambition ressentant les amorces,
Il attaque Arphaxad auec de grandes forces,
Le fait sortir aux champs, le combat plusieurs fois,
Et luy rauit le sceptre, & la vie à la fois.
Depuis enflé d'orgueil il pretend qu'on l'adore,
Depuis les riches monts où se leue l'aurore
Iusqu'aux derniers climats où se perd la clarté,
Croyant d'estre ici bas vne Diuinité.
Il dépeche soudain dans toutes les Prouinces,
Demande insolamment l'hommage de leurs Princes,
Mais ses Ambassadeurs mesprisez & confus
N'apportent à leur Roy qu'vn genereux refus,
Ce qui pique son cœur d'vne si viue rage,
Qu'il iure de venger vn si sensible outrage,
Et passant promptement des discours aux effects,
Ses violens desirs vont estre satisfaits,
Il pousse iusqu'à bout sa naissante colere,
Assemble son conseil, où luy seul delibere,
Declare en peu de mots, mais d'vn desir ardant,
Qu'il veut s'assuiettir l'Empire d'Occident,

D

Et qu'il le veut soufmettre à la grande Niniue,
Mais l'execution luy paroit trop tardiue ;
Pour cet illustre employ Holoferne est esleu,
Ce Roy luy met en main vn pouuoir absolu.
Va, luy dit-il, punir vne extreme infolence,
Exerce fans pitié noftre iufte vengeance ,
N'épargne en ta fureur, âge, fexe, ny rang,
Submerge les citez dans de fleuues de fang,
Et ne penfe iamais à terminer la guerre ;
Que tu n'ayes conquis les deux bouts de la Terre,
Puife dans mes trefors tout ce que tu voudras,
Cent mille combattans feconderont ton bras,
Et feront voir par tout que le Roy d'Affyrie
De l'vniuers entier peut faire fa patrie.
Il parle & les effects fes paroles fuiuant
Pour ce fameux départ tout fe va fouleuant,
Si bien qu'en peu de iours la campagne deferte,
D'hommes & de cheuaux fe void toute couuerte ,
Holoferne promet qu'il ne reuiendra plus,
Qu'il n'ait exterminé tant de Roys fuperflus :
Ce funefte deffein tous les iours s'execute,
Le monde tout entier à fes traits eft en bute ,
Et le nombre infini qu'il a d'hommes armez
Fait que chacun fe rend dés qu'ils en font fommez.
Ceux qui tous les premiers ont fenti fa furie,
Que fon bras a traittés auecque barbarie,
C'eft aux montagnes d'Ange où fes fanglans efforts,
D'autant d'hommes viuans ont fait autant de morts ;
C'eft là que ce cruel a fait l'apprentiffage ,
Des maux qu'il va porter plus loin que fon courage,
Puis le peuple de Tarfe & celuy d'Ifmael
Ont fenti la rigueur de fon bras criminel,
La Grande Meloti, cité tant renommée ,
Par ce bras foudroyant eft reduite en fumée,
De là paffant Leuphrate il produit mefme effect
En Mefopotimie auffi bien qu'en Iaphet ,
Puis iufques à la mer pourfuiuant fes conqueftes ,
Il fait trembler le Dieu qui produit les tempeftes.

Neptune s'épouuante & craint que Iupiter
Vient encor vne fois son Trident disputer,
Il est quitte pourtant pour vn petit dommage,
Holoferne ne fait que fouler son riuage,
Et plus fier que ces flots & que tout l'Ocean,
Fait tourner ses drapeaux vers le beau Madian,
Cette terre où iadis l'on vit vostre Moyse
Par cet vsurpateur se void encor sousmise,
Là trouuant la moisson toute preste à couper
L'espoir du laboureur il a bien sçeu tromper,
Il fait brusler les champs & les bois & les vignes,
Et fait de cruautez de mon recit indignes,
Puis iusques en Syrie il fond comme vn torrent
Quand ce peuple effrayé s'humilie & se rend,
Et les Ambassadeurs députez par ces Princes
Viennent mettre à ses pieds le pouuoir des Prouinces,
Portent de grands presens qu'ils offrent à genoux,
Regnez, leur disent-ils, Seigneur, regnez sur nous,
Nos Roys sont vos sujets & c'est en nos personnes
Que vous voyez icy sousmettre leurs couronnes.
Mais ce Prince orgueilleux loin de les accepter,
Se rit de leur foiblesse & les fait mal traitter,
Ainsi s'acheminant iusques sur vos frontieres,
Et ne vous voyant point abaissez aux prieres,
Au contraire trouuant vos passages fermez,
Luy, qui vous creut tousiours des peuples desarmez,
Vous voyant preparez à faire resistance,
Il s'enquit de ses chefs qu'elle est vostre puissance,
Par ma bouche il receut cet esclaircissement,
Elle luy dit vos loix de leur commencement,
Et depuis Abraham iusqu'au siecle où nous sommes,
Ie luy fis admirer quelqu'vn de vos grands hommes,
Car vn esclaue Iuif qu'autrefois i'ay conneu,
Ma sur vn tel suiet souuent entretenu,
Il sembloit l'écouter auecque complaisance,
Donnant à mon recit vn paisible silence,
Mais il quitta bien tost de si bons sentimens,
Et leur fit succeder ses fougueux mouuemens,

D 2

Lors que voulant tracer à ce Prince sauuage
Du Dieu que vous seruez vne legere image,
Et passer vn pinceau dans ce superbe esprit
De ce que sur ce poinct cet esclaue m'apprit,
Adjoustant à la fin que s'il veut vous defendre,
Les hommes, ny les Dieux ne sçauroient vous surprendre,
Que si son bras puissant est armé pour ces lieux,
Nous monterions plustost sur la voute des Cieux,
Que les Assyriens aux pieds de ces murailles
Trouueroient par ce bras de tristes funerailles,
Et qu'enfin les Hebreux par ce bras qui peut tout
Destruiroient tout son camp de l'vn à l'autre bout.
C'est le suiet, Seigneur, qui cause ma disgrace,
Cet auertissement a passé pour menasse,
Et le fier Holoferne a mal interpreté,
Vn aduis dont vn autre auroit mieux profité,
Il me croit auec vous d'estroite intelligence,
Toutesfois differant pour ce coup sa vengence
Il reserue à me perdre alors qu'il vous perdra,
Pour voir si vostre Dieu pour lors me defendra,
Veut que ie sois soudain mis en vostre puissance,
Et quoy qu'il sçache bien ma Royalle naissance,
Il me traitte en esclaue, & croit qu'impunement
Vn Prince peut souffrir vn lasche traittement :
Mais si le sort iamais l'offroit à mon espée,
Dans son perfide sang vous la verriez trempée,
Et ie me vangerois de ce sanglant affront
Dont vos bons Citoyens ont veu rougir mon front,
I'ay esté détaché par des Israëlites,
D'vn arbre où des soldats, d'inhumains satelites,
Par l'ordre d'Holoferne auoient lié mon corps,
Où i'aurois succombé sous mes propres efforts,
Si leur compassion secondant mon enuie,
Ne m'eut point accordé la franchise & la vie :
Mais quant bien vous voudriez me tenir dans vos fers,
Ie les prefererois aux maux que i'ay souffers,
Disposez donc de moy selon vostre prudence,
Ma bouche vous a dit tout ce que mon cœur pense,

Si ie vous suis suspect , & si vous en doutez,
Exercez vos rigueurs au lieu de vos bontez.
Là se teût Achior, & soudain de la presse
Sort la fidelle Abra courant vers sa Maistresse
Luy rendre vn compte exact de sa commission,
Et non pas sans fremir de son émotion;
Mais si-tost qu'Achior se redonne au silence,
Des Hebreux effrayez la clameur recommence,
Ils tombent sur leur face , & semblent coniurer
La Terre de s'ouvrir , & de les denorer.

Comme on void la Perdrix de l'Oiseau poursuivie
Qui perce le Buisson pour guarentir sa vie,
Et quoy qu'elle ne soit cachée qu'à demy
Croit de se dérober aux yeux de l'ennemy,
Ainsi l'on void alors couchez dessus la terre
Ces innocens obiets d'vne cruelle guerre,
Ainsi l'on void troublez les timides Hebreux
Comme si le Ciel mesme alloit fondre sur eux.
Ozias attendry de la douleur publique
Par de profonds soûpirs eloquemment s'explique,
Laisse couler des pleurs qu'il ne peut retenir,
Les console pourtant , & les fait souuenir
Que le diuin secours du Grand Dieu qu'ils adorent
Est toûiours infaillible aux bons cœurs qui l'implorent,
Que le Roy des Saisons depuis qu'il fait son cours
N'a point veu l'innocent frustré de ce secours;
Et vous braue estranger , dit-il , à l'Amonite,
Quelque mort que pour vous Holoferne medite
Ce Dieu dont vous auez annoncé la terreur
Vous sçaura guarentir de sa vaine fureur,
Restez donc parmy nous auec toute asseurance,
Et si ce mesme Dieu laisse agir sa clemence,
S'il ne reiette point vn Peuple humilié,
Vous serez satisfait d'estre nostre allié.
Et toy , poursuiuit-il , ô Grand Dieu de nos Peres
Qui du plus haut des Cieux regardes nos miseres,
Qui les pûs adoucir d'vn seul de tes regards,
Fais ployer deuant toy ces nombreux estendarts,

D 2

O Grand Dieu de Iacob foule plus bas que l'herbe
Ces Peuples orgueilleux, & ce Prince superbe,
Extermine, Seigneur, cêt exterminateur
Toy qui nous l'as promis, toy qui n'es point menteur,
Souviens-toy, souviens-toy, de ta longue alliance,
Et sauue tes Enfans d'vne iniuste puissance,
Regarde son orgueil, & nostre humilité,
Nous mettons nostre force en ta seule bonté,
Tandis que ce Tyran, cêt autheur de nos larmes,
Se confie en sa force, & s'exalte en ses armes,
Trompe son esperance, & fais-nous auiourd'huy
Triompher en la nostre en triomphant de luy.

Il prononce ces mots auec tant d'asseurance
Qu'il donne à tout son Peuple vne forte esperance,
Sa foy qui se r'alume, & son cœur affermy
Demandent à leur Chef d'aller sur l'ennemy,
Il est déia tout prest de sortir des Murailles
Certain de Triompher par le Dieu des Batailles,
Et iugeant du futur par les biens-faits passez
Ils pensent déia voir les Payens repoussez,
Ozias remarquant en eux tant d'hardiesse
Iette encore des pleurs, mais de pleurs d'allegresse,
Les encourage encor par plusieurs beaux discours
Pour les mieux asseurer de ce diuin secours.
Achior tout Payen, qu'il est, tout infidelle,
Sent les mesmes transports, fait voir le mesme zele,
Il cede sans deffense à ces beaux sentimens,
Et d'vne ardante foy sent les commencemens,
Tout le reste du iour le Peuple est en prieres,
D'où cêt aueugle prend mille belles lumieres,
Par ce saint exercice il s'éclaire, il s'instruit,
Et déia dans son cœur la verité reluit,
Déia l'Impieté va ceder son Empire,
Déia pour le vray Dieu sa belle Ame soûpire,
Et l'on verra bien-tost ce sage Fils d'Ammon
N'estre plus au pouuoir du superbe Demon.

La nuit chasse du iour la lueür éclatante
Lors qu'vn Prince superbe en sa superbe Tente

Fait aſſembler ſes Chefs, & leur tient ce propos
Allez mes Compagnons prendre vn peu de repos,
Mais ſi-toſt qu'on verra l'Eſtoile matiniere
Faites-vous voir chacun deſſous voſtre Baniere,
Et que l'Aſtre du iour ſortant du ſein des Eaux
Vous trouue preparez à de ſanglans aſſauts,
Demain ſera le iour fatal pour Bethulie,
Quoy qu'elle nous reclame, & qu'elle s'humilie,
Rien ne peut l'exempter de ma iuſte rigueur
Si vous ſecondez bien ma guerriere vigueur,
Il faut voir ſi ſon Dieu ſuivant ſes eſperances
Sçaura bien repouſſer les pointes de nos lances,
S'il ſoûtiendra leurs Murs quand nous les abatrons,
Et s'il la deffendra quand nous la combatrons :
Fut-il auſsi puiſſant qu'elle ſe l'imagine
Il ne ſçauroit pourtant empeſcher ſa ruïne,
Et lors qu'vne autre nuit r'allumera ſes feux
Bethulie ſera comme ce qui n'eſt plus,
Ie le iure par toy Diuinité viſible
Nabucodonoſor à qui tout eſt poſsible
Tu vas eſtre demain le ſeul Dieu des Hebreux,
Et ma main t'en va faire vn ſacrifice affreux.
Et vous vaillans Soldats pour gaigner ſon eſtime
Faites cheoir dans ſes Murs victime ſur victime,
Et faiſant voir icy vos Bataillons éparts
Portez auec ſon Nom la mort de toutes parts,
Il faut qu'á ce grand Nom voſtre feu ſe r'allume,
Et que vous deueniez plus fiers que de coûtume.
Que vous ſemiez icy le carnage & l'horreur,
Le ſang, la cruauté, la honte, & la terreur,
Et ſans eſtre touchez d'vn obiet pitoyable
Faites voler par tout vne mort effroyable.
C'eſt l'ordre que ie donne, & croy bien que ma voix
N'a pas moins de pouvoir que la force des Loix :
Ouy, nous le ſuivrons tous Prince vaillant & ſage
Luy répondent ſes Chefs, & le meſme courage
Que nous auons montré dans les Combats paſſez
Fera voir à tes pieds les Hebreux terraſſez,

Holoferne entre tous d'vne guerriere audace,
D'vn œil étincelant, & d'vn front qui menace
Visite tous les rangs de l'vn à l'autre bout,
Et tâche d'inspirer la cruauté par tout:
Il fait briller aux yeux vn riche Cymeterre
Craint de tout l'Vniuers à l'égal du Tonnerre,
Et d'vne voix qui tonne & fait transir d'effroy
Allons, dit-il, Soldats, mes amis suiuez-moy,
Allons forcer vn fort où la gloire elle-mesme
Prepare à nostre Prince vn nouveau Diademe,
Puis que par ce Combat l'Empire Palestin
Doit ceder sous l'effort d'vn si puissant destin,
Il fait de ces rochers l'vne de ses deffences,
Et le Bethulien en fait ses esperances,
Allons mes Compagnons malgré leur fermeté
Planter nos estendarts dans la fiere Cité,
Si rien n'a iamais fait obstacle à vos espées
Pourriez-vous redouter ces roches escarpees,
Pourriez-vous en pâlir, pourriez-vous reculer,
Quant mesme on les feroit sur vos testes rouler,
Non, non, braues Soldats, courages intrepides
Vous en irez plustôt chasser les Izacides,
Vous les écraserez sur ces fermes remparts,
Et ferez ruisseler leur sang de toutes parts.
N'épargnez en ce iour vieillard, enfant, ny femme,
Et faites tout passer par le fer ou la flâme,
Conseruez seulement le butin plus exquis,
Ie vous le donne tout apres l'auoir conquis,
Et faites qu'Achior cét ingrat Amonite
Reçoiue sans delay la peine qu'il merite,
C'est dans ce iour fatal que son traitre dessein
Vous oblige à plonger vostre fer dans son sein.
Ie veus que ce soit vous genereuse milice
Que la rigueur du Sort auec trop d'iniustice
Fit naître, sous ce Prince, indigne de ce rang,
Ie veus que ce soit vous qui répandiez son sang,
Ne gardez plus pour luy ny respect, ny tendresse,
Bannissez de vos cœurs vne telle foiblesse,

Quittez ces sentimens, & receuez les miens,
Ie suis vostre ennemy si vous n'estes les siens.
Le Prince ayant montré le desir qui le touche,
Tous les Enfans Dammon au naturel farouche
S'abaissent iusqu'à terre, & d'vn discours soûmis
L'asseurent qu'Achior les a pour ennemis,
Qu'ils ne connoissent plus qu'vne seule puissance,
Et qu'ils luy font ceder les droits de la naissance.
Mais comme ce discours se fait confusement,
Et que tous à la fois disent leur sentiment,
Leur Chef pour exprimer ce que chacun d'eux pense
Par vn signe de main leur impose silence,
Et s'adressant au Prince il poursuiuit ainsi,
De punir Achior laisse-nous le soucy,
Seigneur, & puis qu'il faut que ce Prince perisse,
Puis que tu veus par nous exercer ta iustice,
Puis que ce sont nos mains que tu daignes choisir,
Nous allons satisfaire à ton iuste desir,
Et ne regardons plus que comme vn temeraire
Celuy qui plein d'orgueil osa bien te déplaire,
Et méprisant en luy sa naissance & son rang
Nous lauerons bien-tost son crime dans son sang.
Mais si pour châtier son insigne folie
Tu te hastes icy de prendre Bethulie,
Si ce motif te presse & t'incite à marcher,
Le trespas d'Achior te coustera trop cher,
Car enfin les Hebreux quoy qu'en fort petit nombre,
Et que de nostre Armée à peine soient ils l'ombre,
Toutesfois ces rochers les deffendent si fort
Que nous pourrions, Seigneur, y faire vn vain effort,
Il faut bien que l'Hebreu s'apuye en leur puissance
Puis qu'il n'a point encor imploré ta clemence,
Il ne peut ignorer ta force & ton pouvoir
Et neglige pourtant à faire son devoir,
Que si par vn moyen moins prompt, mais plus facile,
Nous pouvons sans risquer emporter cette Ville,
N'expose point, Seigneur, tes braues combatans
Si tu pûs Triompher auec vn peu de temps,

E 2

Ce canal bien faiſant qui porte la richeſſe
De ſon liquide argent dans cette fortereſſe,
T'auertit ſourdement en murmurant ainſi
D'en priuer les Hebreux & l'arreſter icy,
Si tu le fais, Seigneur, leur perte eſt infaillible,
Et quand cette cité ſeroit inacceſſible ,
Que ces aſpres rochers monteroient iuſqu'aux Cieux,
Nous les verrons ſortir & mourir à nos yeux.
Ouy, deuant qu'on ait veu le Roy de la lumiere
Fournir quatre ou cinq fois ſa brillante carriere ,
Les Hebreux, aux abois & proche du tombeau,
Viendront t'offrir leur ſang pour auoir vn peu d'eau,
Alors cet Achior verra, mais non ſans honte ,
Que ce Dieu d'Iſraël dont il fait tant de conte ,
N'eſt pas aſſez puiſſant pour vaincre le deſtin
D'vn Roy qui doit regner du couchant au matin :
Holoferne acceptant ce fauorable augure
Veut que l'aduis donné s'execute ſur l'heure,
Fait rompre le canal & détournant ſon cours
Priue le triſte Hebreu d'vn innocent ſecours,
Qui s'apperçoit bien toſt de ce nouueau dommage ,
Lors pour le reparer, & tout ſexe, & tout âge,
S'en va hors la cité puiſer diligemment
Les eaux qui d'vn rocher tombent abondamment ,
Là la robuſte main, la debile, & la tendre,
Lors qu'il faut s'entr'aider ſe ſçauent bien entendre,
Le vieillard par le ieune eſt chargé de ſon ſeau,
Et iuſques aux enfans tous portent vn peu d'eau :
Mais à peine en ont ils rempli quelque ciſterne,
Lors qu'on en donne aduis au cruel Holoferne ,
Il s'exclame ſoudain de courroux tranſporté,
Et doute toutesfois ſi c'eſt la verité ,
Car il penſoit deſia dans ſa fiere manie
Que les Hebreux ſentoient vne peine infinie,
Et que la ſoif, ce monſtre au goſier enflammé ,
Deſia dans Bethulie auoit tout conſommé,
Pour la faire perir par ces cruelles gehennes ,
Il ordonne à l'inſtant des gardes aux fontaines

Cinq ou six Regimens qui font vn petit corps
Deffendent aux Hebreux la boiſſon du dehors,
Ce Canal qui portoit vne eau ſi ſalutaire
Eſt du ſang des Hebreux au Payen tributaire,
Ou voit de toutes parts leur ſang y ruiſſeler,
Et ce ſang épendu dans cette eau ſe méler,
Car le Bethulien dans la ſoif qui le tuë
Nonobſtant ſa foibleſſe au Combat s'éuertuë:
Mais les Aſſyriens auſſi cruels que forts
Font tomber les Hebreux ſur ces funeſtes bords,
Ozias dans le mal qui n'a point de remede
Veut qu'à ce grand peril le Bethulien cede,
Puis qu'en ſe hazardant d'aller puiſer de l'eau
Croyant trouuer ſa vie il trouue ſon tombeau,
Mais pour deſalterer ſon ardante poitrine
Il luy fait implorer l'aſſiſtance Diuine,
Soudain il va pouſſer vers le Ciel mille vœux
Il luy demande d'eau pour étçindre ſes feux,
Ses regards ſont toûiours attachez vers les Nuës
Pour découurir les eaux dans les Airs retenuës;
Mais l'Hebreu doit ceder à la rigueur du Sort
Car le Ciel luy refuſe vn ſi doux reconfort,
Il voit bien que ſa perte eſt preſque inéuitable,
Soit qu'il tombe au pouuoir d'vn Prince impitoyable,
Ou qu'il s'opiniatre à garder la Cité
Tout luy paroit égal en cette extremité,
D'vn & d'autre coſté la mort eſt aſſeurée
Chacun la voit en ſoy pâle & défigurée,
Mais elle eſt plus terrible, & fait bien plus d'effroy
La voyant en autruy qu'en la voyant en ſoy,
L'Amant ſonge bien moins à la ſoif qui le preſſe
Qu'il ne ſonge à la ſoif de l'obiet qui le bleſſe,
Et ſa double langueur le fait bien moins mourir
Que la douleur qu'il ſouffre en le voyant perir,
L'eſpouſe pour l'eſpoux ſent les meſmes alarmes
Pour étancher ſa ſoif elle n'a que des larmes,
Et pleurant nuit & iour pour le deſalterer
Elle ceſſe de viure en ceſſant de pleurer.

Mais l'obiet le plus triſte & plus tendre à la venë
C'eſt de voir en tout lieu mainte mere eſperduë,
Qui pouſſant vers les Cieux de ſanglots eſtouffans
Demandent vn peu d'eau pour leurs pauures enfans,
Vingt fois l'aſtre du iour eſtoit ſorti de l'onde
Pour fournir aux mortels ſa courſe vagabonde,
Depuis que Bethulie eſtoit en cét eſtat
En craignant d'Holoferne vn nouuel attentat,
Car elle iuge bien que ce Prince inuincible
Sera bien toſt pour elle vn vainqueur inflexible,
Et que ſa reſiſtance irritant ſon courroux
Les plus cruels tourmens luy ſembleront trop doux,
Cette reflexion excite dans les ames
Des ieunes & des vieux, des enfans & des femmes,
Vn violent deſir de rendre la cité,
Et ceder par auance à la neceſſité,
Châcun fait ſon parti, châque parti conſulte,
Et l'on void tout d'vn coup éclater le tumulte,
Et le tumulte eſclate au milieu du Palais
Du prudent Ozias où doit regner la paix,
Vne ſubite peur dans ſon ame s'écoule
En voyant arriuer bruſquement cette foule,
Et liſant dans leurs yeux que quelque nouueauté
Les fait aller vers luy d'vn pas precipité,
Leur demande d'abord quel ſuiet les amene,
Si le camp ennemi reborde encor la pleine,
S'il ſe range en bataille & s'il faut s'oppoſer
A receuoir de fers qui doiuent bien peſer.
Helas, dit l'vn d'entr'eux, au nom de tous les autres,
Tu les forges ces fers, & les tiens, & les noſtres,
Mais mille fois plus durs qu'ils ne l'euſſent eſté,
Si pour les receuoir nous n'euſſions conteſté,
La haute ambition dont ton ame eſt remplie,
Au lieu de la ſauuer va perdre Bethulie,
Et le cruel tiran qui la va dominer
N'eſtant point ſatisfait de nous faire enchaiſner,
Inuentera de mors non iamais vſitées,
Que noſtre reſiſtance aura bien meritées:

Car oses tu penser sans trop de vanité
De pouuoir guarantir cette pauure cité,
Tu pretends que le Ciel fasse ici des miracles,
Nos pechez Ozias sont de trop grands obstacles,
Et le Iuge Eternel de tous ces differens
Pour nous en châtier nous donne des tirans,
Nous deuions nous courber sous le faix de leurs chaisnes,
Et non les irriter pour redoubler nos peines,
Quand nous leur resistons, nous resistons à Dieu,
Qui veut faire éclater son courroux en ce lieu,
S'il ne nous donne point des armes assez fortes
Sans faire les mutins allons ouurir nos portes,
Receuons les vainqueurs qu'il nous a destinez
Suiuons sans murmurer ces peuples fortunez.
Mais ie lis sur ton front que desia tu nous blâmes,
Quoy verrons nous perir nos enfans & nos femmes,
Attendrons nous ici qu'vn Prince furieux
Vienne les égorger dans nos bras à nos yeux,
Ou que l'ardante soif qui brusle nos entrailles
Triomphe de nos iours dans l'enclos des murailles,
Et ne deuons nous point en cette extremité
Choisir si nous pouuons cette captiuité,
Ie dis si nous pouuons, car peut estre nos larmes
N'auront pas le pouuoir de mettre bas ses armes.
Mais il vaut mieux mourir par son cruel effort
Qu'endurer en ces lieux vne si longue mort,
Et pour de malheureux, qui n'ont plus d'esperance,
Le trespas est plus doux qu'vne longue souffrance.
Ainsi donc Ozias ne nous differe plus,
Ne nous fais point ici de discours superflus,
Nous voulons nous ranger sous le ioug d'Holoferne,
Il retiendra sa main si l'Hebreu se prosterne,
Il sera moins fougeux dans sa brutalité
S'il voit s'humilier cette pauure cité,
Que si tu veux encor prolonger cette guerre,
Nous prenons à tesmoin & le Ciel & la Terre,
Que de tous les malheurs que nous ressentirons
Ta fole vanité nous en accuserons,

Finiſſant ce diſcours d'vne façon troublée
Vne haute clameur ſe fait dans l'aſſemblée,
De cris longs & confus teſmoignent clairement
Qu'ils ſont irreſolus dans ce dur ſentiment,
La ſoif leur fait trouuer la vie malheureuſe,
Mais la captiuité leur paroit bien affreuſe,
Si mourir par la ſoif leur ſemble vn triſte ſort,
Viure auſſi dans les fers eſt pire que la mort,
Au milieu de ces maux ils ne ſçauent qu'élire,
Ils craignent de choiſir & de choiſir le pire,
Et le bon Ozias qu'ils accuſoient tantoſt
Les eſtonneroit fort s'il les prenoit au mot.

Comme on void le Nocher menaſſé du naufrage,
Qui de ſes ennemis découure le riuage,
Sur le poinct que la Mer doit eſtre ſon cercueil,
Il regarde ce port comme vn funeſte écueil,
Tout de meſme l'Hebreu que la ſoif tyranniſe
Se voyant ſur le poinct de perdre la franchiſe,
Reiette auec horreur ſes premiers ſentimens,
Et pouſſe iuſqu'aux cieux de longs gemiſſemens,
Nous confeſſons Seigneur, diſent ces miſerables,
Ouy, nous le confeſſons que nous ſommes coulpables,
Mille rares bien-faits qu'à nos Peres tu fis,
Et qui iuſqu'à preſent ſont paſſez chez leurs fils,
N'eurent point le pouuoir d'arreſter ces rebelles,
A ton fidel amour ils furent infideles,
Tu les pourſuis en nous, en nous tu les punis,
He bien fais nous ſouffrir de tourmens infinis,
Il eſt iuſte Seigneur que tu te ſatisfaſſes,
Mais change par pitié nos cruelles diſgraces,
Chaſtie nos pechez & ceux qu'ils ont commis,
Mais ne nous liure point à nos fiers ennemis :
N'as tu pas en ta main & la foudre & la peſte,
Et ce que dans les airs tu mis de plus funeſte,
Aſſemble, aſſemble tout, & lance tout ſur nous,
Nous benirons la main d'où partiront ces coups,
Nous nous croirons heureux au milieu de ces peines,
Si des Aſſyriens nous euitons les chaiſnes,

Ton

Ton intereſt au noſtre eſt ioint icy Seigneur,
Prends pitié de ton peuple & ſauue ton honneur,
Car que ne diront point nos cruels aduerſaires,
Nous voyant delaiſſez du grand Dieu de nos Peres,
Oppoſe ta clemence à leur brutale erreur,
Montre nous ton amour, montre leur ta fureur,
Arrache de leurs mains cette double victoire
De deſtruire ton peuple & de ternir ta gloire,
Fais nous grace, ô Seigneur, & fais voir en ce lieu
A mille nations que nous auons vn Dieu.
Auec de tels diſcours la troupe inconſolable
Pouſſoit iuſques aux Cieux ſa plainte lamentable,
Quand le ſage Ozias tout trempé de ſes pleurs
Se leue & par ces mots exprime ſes douleurs.

Ce n'eſt pas mon deſſein, mes miſerables freres
De déguiſer ici l'excez de nos miſeres,
Ie les ſens auec vous, ie les ſens plus que tous;
Car ie les ſens pour moy, mais beaucoup plus pour vous,
Vos maux plus que les miens tiranniſent mon ame,
Et quoy qu'iniuſtement vous me chargiez de blaſme,
Ie ne ſens pas pour vous relaſcher ma pitié
I'écoute ſeulement la voix de l'amitié,
Quant bien pour vos malheurs mon cœur ſeroit de roche
Vous n'entendriez de moy ny plainte, ny reproche,
Car dans le triſte eſtat où le Ciel vous a mis
La plainte & le ſoubçon tout vous deuient permis,
Vous pouuez accuſer & le Ciel & la Terre,
Dans les maux que vous fait vne ſi rude guerre,
Et vous faites beaucoup en cette extremité
De garder le reſpect pour la Diuinité.
Mais grace à ſes bontez, ô peuple ſaint & ſage
Sa crainte regne encor dedans voſtre courage
I'en conçois vn eſpoir qui flatte le deſir
De voir bien toſt changer noſtre peine en plaiſir,
Cependant vous voulez que ie rende la place,
Helas, penſes y bien auant que ie le faſſe,
Sçauez vous ce que c'eſt de tomber ſous la main

F

D'vn Payen irrité, d'vn tiran inhumain,
C'eſt proprement tomber aux gouffres de la Terre,
Où liure le demon vne eternelle guerre,
Il vaut mieux dites vous viure en captiuité,
Que mourir par la ſoif ou par ſa cruauté,
Mes freres mes amis qu'auez vous oſé dire,
Vn ſi laſche diſcours fait que mon cœur ſouſpire,
Vaut il pas mieux mourir d'vn treſpas glorieux
Que de viure captif dans des barbares lieux,
Si ce ſeul Prince encor faiſoit noſtre eſclauage,
Nous aurions dans les fers ce funeſte aduantage
De nous y voir enſemble, & chez nos ennemis,
De nous plaindre en commun, il nous ſeroit permis,
Mais cent peuples diuers ſeparant vos familles,
Vous perdrez pour iamais vos femmes & vos filles,
Leurs tours s'écouleront au milieu des trauaux,
Et ce ſeront encor les moindres de leurs maux,
Vous d'vn autre coſté ſuiuant le ſort des armes
Vous verrez vos tirans ſe rire de vos larmes,
Et quoy qu'à les ſeruir vous ſoyez touſiours prompts,
Ces vainqueurs inſolens vous feront mille affronts.
Iugez donc mes enfans ſi par ma reſiſtance,
Ie ne vous ay point fait vne cruelle offenſe,
Si mes fideles ſoins ne vous ont point trahis
Vous voulant maintenir dedans voſtre pays.
Si vous voulez pourtant ie ſuis preſt à le rendre
Auſſi bien l'on ne peut plus long temps ſe defendre,
Mais ſi vous vous laiſſez conduire encor par moy,
Et ſi vous deferez quelque choſe à ma foy,
Ie vous coniure icy par le Dieu que i'adore,
D'attendre que cinq fois la renaiſſante aurore,
Annonce le retour du Roy de la clarté
Auant que deliurer cette Sainte Cité :
Peut eſtre qu'en ce temps le Dieu de nos anceſtres
Voudra nous affranchir de vainqueurs & de maiſtres,
Mais auſſi ſi nos maux ont touſiours meſmes cours,
A la honte de fers ſera noſtre recours.

Ozias par ces mots pleins d'adreſſe & de zele,
Redonne vn peu de cœur à la troupe fidele,
Et par d'autres encor où reluit ſa vertu
Taſche dereleuer ſon eſpoir abatu.

Comme on voit en eſté que la moiſſon dorée
Se courbe & ſe fleſtrit par l'effort de Borée,
Puis reccuant des Cieux vne fraiſche liqueur
Se redreſſe & reprend ſa premiere vigueur,
De meſme les Hebreux accablez de triſteſſe,
Et preſts à ſuccomber ſous leur propre foibleſſe,
Se trouuent releuez par la puiſſante voix
Du Prince dont encor ils reuerent les loix;
Iudith apprend bien toſt leur nouuelle diſgrace,
Et bien que ſa douleur qui tout autre ſurpaſſe
Occupe nuict & iour ſon eſprit & ſon cœur
Elle ſent toutesfois la publique douleur,
Ce grand cœur eſt trop bon pour reſter inſenſible
A la perte des ſiens qu'elle void infaillible,
Mais ſon courroux ſe ioint à ſa compaſſion
Apprenant d'Ozias la reſolution,
Et que cinq iours paſſez ſi du ſecours n'arriue
D'vn ſuperbe vainqueur elle ſera captiue,
Qu'elle verra traiſner à ſes chars triomphans
Les Preſtres du Seigneur, les vierges, les enfans,
Et que perdant l'aſpect de leur ſainte patrie
Leurs iours s'écouleront parmi l'idolatrie.
De ſi triſtes obiects l'arrachent vn moment
Du lamentable obiet d'vn triſte monument,
Et la main qui ſa main à la gloire deſtine,
Qui veut par ſa valeur ſauuer la Paleſtine,
Qui prepare vn Trophée à ſa rare vertu,
Releue vn peu l'eſpoir de ſon cœur abatu,
Et luy fait conceuoir vne haute entrepriſe
Qu'elle veut acheuer ſans aucune remiſe;
Elle appelle d'Abra le fidele ſecours
Luy cache ſon deſſein, & luy tient ce diſcours.

Toy qui ſçais à quel poinct ie ſuis infortunée,
Qui connois comme moy ma dure deſtinée,

F 2

Qui m'entends souspirer dans mon cruel tourment ,
Et qui vois que mes pleurs coulent incessamment ,
Tu crois bien chere Abra qu'vne si triste vie
Au repos du tombeau porte souuent enuie ,
Mais comme il est des maux plus fascheux que la mort,
Moy qui ne la crains pas, ie crains vn pire sort ,
Ie crains de voir languir mes enfans dans les peines,
De voir leurs tendres bras chargez de dures chaisnes ,
De les voir arracher par vn bras criminel,
De l'azile impuissant du doux sein maternel,
Mon cœur à ce penser ne borne pas ses craintes
Pour tous nos citoyens il sent mesmes atteintes ,
Il se sent partager & ressent par moitié
Les traits de la nature & ceux de l'amitié ;
Mais ie crains encor plus d'esloigner cette cendre,
Le seul bien que mon cœur peut desormais pretendre,
Ce triste & cher depost, ces restes precieux ,
Du plus parfait mortel qu'ait iamais fait les Cieux,
Aussi pour éuiter que l'on ne m'en separe ,
Et que nous n'allions tous chez vn peuple barbare,
Ie me veux opposer à l'iniuste proiet
Qu'Ozias & le peuple ont fait sur ce suiet,
Helas, vn peu de soif leur fait rendre les armes
Sans preuoir nos trauaux, nos douleurs & nos larmes,
Sans preuoir qu'vne longue & cruelle prison ,
Sera d'vn petit mal la triste guerison ,
Va donc voir de ma part ce Prince trop facile,
Dis luy que i'ay appris qu'il va rendre la ville ,
Et qu'vn peuple alarmé le contraint auiourd'huy
Pensant de se sauuer, de se perdre auec luy ,
Que dans leur triste sort estant interessée
Ie dois sur ce suiet declarer ma pensée,
Et que ie le requiers d'enuoyer en ce lieu
Conferer auec moy les deux Prestres de Dieu,
Quand tu luy parleras obserue son visage
Voy si de nostre perte il porte le presage ,
Et tasche de t'instruire auant de reuenir
De nos nouueaux malheurs pour m'en entretenir ,

Abra sans repliquer éloigne sa Maistresse,
Et se rend chez le Prince auec beaucoup de presse,
Lors qu'auec Achior seul il s'entretenoit
Sur le triste dessein que IVDITH condamnoit,
Alors prenant son temps cette Seruante accorte
Abordant Ozias luy parle de la sorte.

 Seigneur, IVDITH m'ennoye, & vous prie par moy
De suspendre vn proiet qui la remplit d'effroy,
Elle a sceu que le Peuple a perdu le courage,
Et prefere au trespas vn long & dur seruage,
Mais son cœur noble & haut blâme ce sentiment,
Et croid qu'il feroit mieux de mourir noblement,
Elle croid bien aussi que vous estes trop braue
Pour n'aymer mieux la mort que d'estre fait esclaue,
Et que ces malheureux conspirent malgré vous
De vous perdre auec eux, & de nous perdre tous,
Cependant que pour eux ma pieuse Maistresse
Seule dans son secret ieusne, & prie sans cesse,
Et ie me doute fort que quelque grand dessein
Pour le salut Public ne couue dans son sein,
Par ma commission vous le pouuez connoistre,
Car ie dois vous prier que l'vn & l'autre Prestre
Se rendent auprés d'elle auec vostre congé,
Et nous sçaurons bien-tost si i'auray mal iugé,
La fidelle Seruante auec ces mots acheue
Qui du bon Ozias l'espoir mourant releue,
Il r'appelle sa ioye, & la témoigne ainsi
Si ta grande Maistresse est pour nous en soucy,
Chere Abra nostre Sort va changer de visage,
Et si les noirs soucis de son triste veûuage
Luy laissent de momens pour plaindre nos malhéurs,
Le Ciel fera tarir la source de nos pleurs,
A ses vœux innocens il n'est rien qu'il n'accorde,
Pour elle il nous fera bien-tost misericorde,
Et la voyant mélée auec nostre interest
De son iuste courroux il suspendra l'arrest;
Il est vray i'ay promis au Peuple de me rendre
Si dans cinq iours passez l'on ne nous vient deffendre,

Mais puis qu'elle s'oppose au deßein malheureux
Qu'à l'ennemy commun de perdre les Hebreux,
L'espoir de leur salut se réueille en mon ame,
Et croy qu'auec suiet ta Maistreße me blâme,
Ses aduis desormais seuls ie veus écouter,
Et nos Prestres tantost iront la consulter.
Puis soudain se tournant vers le sage Amonite
Souffrez Prince, dit-il, qu'vn moment ie vous quitte,
Pour aller enuoyer nos Prestres vers IVDITH,
Et voyant qu'Achior paroißoit interdit,
Ie vous vois estonné, poursuit-il, que mon ame
Change de sentiment au vouloir d'vne femme,
Mais ne me iugez point que vous n'ayez apris
De la grande IVDITH le merite & le pris,
Seigneur, dit Achior, i'ay trop de connoißance
De vostre iugement, & de vostre prudence,
Pour ne presumer pas que vostre intention
N'a pour but que le bien de vostre Nation,
I'auoüe toutesfois que mon ame est surprise
Qu'vne femme auiourd'huy faße quelque entreprise,
En vne occasion où vostre iugement
Ne void que la prison pour tout allegement,
Aussi, dit Ozias, cette femme diuine
Est l'honneur de son sexe, & de la Palestine,
Vn parfait abregé de toutes les vertus,
Et qui void sous ses pieds les vices abatus,
Ie vous ferois icy l'histoire de sa vie
Si ie n'allois ailleurs contenter son enuie,
Toutesfois, poursuit-il, en regardant Abra
Voicy qui mieux que moy vous en entretiendra,
Toy qui de la seruir as tousiours eu la gloire
Tu sçauras mieux que moy raconter son histoire,
Et si i'obtiens icy ce bien de ton loisir,
Ie veus bien differer d'accomplir ton desir,
Car ie veus auoir part au plaisir de t'entendre,
Commence donc Abra tu ne peus t'en deffendre,
Et ton recit finy i'iray dans vn moment
Reparer le defaut de mon retardement.

Seigneur, luy dit Abra, ie vay vous satisfaire,
Mais vous n'aprendrez rien qui ne soit ordinaire,
Car comme vous sçauez la vie de IVDITH
N'a point ces incidans qui surprenent l'esprit,
Et quand i'auray dépeint ses vertus & ses charmes,
Ie n'auray qu'à montrer ses douleurs & ses larmes,
Là s'arrestant vn peu comme pour y penser
Par ces mots son recit elle va commencer.

IVDITH.

QVATRIESME PARTIE.

Seigneur, c'est dans ces murs qu'vne pudique flame
Donna l'estre & le iour à mon illustre Dame,
Merary fut son Pere, & ce riche Seigneur
Sur ce riche tresor fondoit tout son bon-heur,
Les moindres actions de sa plus tendre enfance
Donnoient de sa sagesse vne haute esperance,
L'ouvrage & l'oraison estoient ses doux plaisirs,
Et les plus chers obiets de ses ieunes desirs.
Merary remarquant en cette Fille vnique
Vne vertu sublime, vn esprit Angelique,
Poussa diligemment son education,
Ioignant au naturel tant d'acquisition
Qu'à l'âge de quinze ans cette admirable Iuïfue
Fut des graces du Ciel l'Image la plus viue,
Mille ieunes Seigneurs épris de ses beautez
Admiroient encor plus ses hautes qualitez,
Chacun d'eux eût voulu porter vne couronne
Pour seruir dignement cette illustre personne,
Chacun d'eux demandoit au sage Merary
Le supreme bon-heur d'estre fait son mary ;
Mais la chaste IVDITH brûlant d'vne autre flame
Au culte du Grand Dieu donnoit toute son ame,

Et de tous ces Amans ignorant les desirs,
Ne fut iamais témoin de leurs moindres soûpirs,
Cette Fille sans prix, l'ornement de son âge,
Sceut conseruer sa gloire auec tant d'auantage
Que ceux que ses beaux yeux blessoient innocemment
N'osoient pas deuant eux soupirer seulement,
L'auguste Maiesté sur son visage emprainte
Imprimoit dans les cœurs le respect & la crainte,
D'ailleurs son Cabinet qu'elle aymoit cherement
Aux yeux de ses captifs l'exposoit rarement,
Car ce pieux obiet de son sexe l'exemple
N'en sortoit presque point que pour aller au Temple,
Et dérobant ainsi sa vcuë aux curieux
Se donnoit toute entiere au Monarque des Cieux.
Elle viuoit ainsi contente & retirée,
Et ne craignoit rien tant que d'estre mariée,
Sa douce liberté qu'elle prisoit si fort
Luy dépeignoit ce ioug aussi dur que la mort,
Il falut toutesfois qu'elle y fut asseruie,
Pour suivre le vouloir de l'autheur de sa vie,
Son Pere se voyant aux derniers de ses iours
Vouloit auec plaisir en voir finir le cours
Desirant marier sa derniere esperance,
Et quoy qu'il fut certain de son obeïssance
Le prudant Merary iugeoit fort sagement
Du rebut qu'elle auoit pour cét attachement,
Son cœur en ressentoit vne peine incroyable,
Il s'estimoit heureux, ensemble miserable,
Et ses plus hauts desseins se trouuoient trauersez,
Croyant voir en IVDITH des sentimens forcez.
Il souhaite ce bien sans la vouloir contraindre,
En tout ce qu'il desire il trouue lieu de craindre,
Et croid que ce seroit trop de seuerité
D'agir sur cét esprit de pleine authorité,
A sa tendre amitié croid de faire vne offence
D'exiger vn adueu par quelque violance,
Son cœur à cét effort ne peut point consentir,
Et le moindre penser luy cause vn repentir:

Entre

Entre tous les partis dont on le sollicite
Manassez riche en biens & plus riche en merite
Luy fait seul desirer que sa chere IVDITH
Quitte ce froid dédain qui son espoir trahit,
Vn iour que ce Vieillard en suiuant sa coûtume,
Pour adoucir vn peu de son cœur l'amertume,
Et donner son esprit au diuertissement
Fut visiter sa Fille en son apartement,
Cette Vierge pour lors traçoit sur son Ouvrage
De l'antique Abraham la venerable Image,
Et tâchoit d'exprimer d'vn Art ingenieux
La discrete douleur qu'il auoit dans les yeux,
Lors que sa foible main d'vn fort acier armée
Alloit se décharger sur la victime aymée,
Elle estoit à ses pieds, & la sçauante main
Auoit orné son front d'vn air doux & serain,
Ses yeux estans tournez du costé de son Pere
Sembloient luy vouloir dire hastez ce ministere,
Et donnez ce grand coup sans nul étonnement
Puis qu'il doit retentir iusques au firmament,
Merary tout rauy de voir cette tissure
Où l'Art si doctement imitoit la Nature,
En loüe fort sa Fille, & la baisant au front
Luy dit que le Pinceau receuoit vn affront
De se voir surpassé par l'éguille sçauante,
Puis dressant deuant luy cette piece charmante
La place à son vray iour, & s'éloignant vn peu
Luy fait vn long discours sans estre interrompu,
Il me plaît, luy dit-il, que ton esprit s'aplique
A ces rares obiets où ta vertu s'explique,
Et me fait assez voir dans des rauissemens
De ton cœur genereux les nobles sentimens :
Quand tu dépeins Isac dans cette defference
Qui luy fait voir la mort auec tant d'asseurance,
Ie croy de voir en toy la mesme fermeté
Si le Ciel t'imposoit mesme necesité,
Tu sçais l'histoire au vray, puis que tu l'as dépeinte,
Et comme nostre Ayeul sans aucune contrainte

G

Subit l'arreſt du Ciel ſi ſeuere & ſi dur
D'immoler de ſa main ſon vnique bon-heur;
Tu ſçais cela ma Fille, & cette belle hiſtoire
Eſt moins dans ce tiſſu que dedans ta memoire,
Mais tu peus ignorer le diſcours rauiſſant
Qu'eurent ſur ce ſuiet & le Pere & l'Enfant,
Ie te veus raconter comme ces grandes ames
Firent d'vn ſaint amour briller les ſaintes flâmes,
Et comme vn digne fils d'vn pere vertueux
Fut digne de l'eſſay que le Ciel fit ſur eux.
Alors exagerant cette haute auanture
Où le grand Abraham ſurmonta la Nature,
Il luy fit voir Iſac mourant auec plaiſir,
Puis pourſuiuit ainſi pour ayder ſon deſir,
Ie voudrois bien grauer dans ton cœur cét exemple
Qui charme mon eſprit lors que ie le contemple,
Et ie ſouhaiterois que tous les bons enfans
Fuſſent ainſi qu'Iſac ſoûmis a leurs parens,
Qu'ils euſſent comme luy leur ame diſpoſée
A leur bien obeïr ſans ſe trouuer forcée,
Si la tienne agiſſoit par ce beau ſentiment
Ie finirois mes iours auec contentement.
Quoy Seigneur, dit IVDITH, en rompant le ſilence,
Voulez-vous m'accuſer de deſobeïſſance,
Qu'ay-ie dit, qu'ay-ie fait, pour vous faire penſer
Que iuſques à ce point i'oſe vous offencer,
Declarez-moy bien-toſt d'vne voix paternelle
Quel malheur prés de vous me rend ſi criminelle,
Ayez cette bonté de le verifier
Pour me donner moyen de me iuſtifier;
Il eſt vray que d'Iſac l'ame fut heroïque,
Mais l'auſtere vertu que la mienne pratique
Me feroit comme luy dans cette occaſion
Offrir d'vn meſme cœur la meſme effuſion,
Non ſeulement pour Dieu de qui dépend ma vie,
Mais encores pour vous, Seigneur, pour la patrie,
Qvel que ce fut des trois qui vint me l'ordonner
Ie n'aurois point de peine à me determiner,

Que si vous en doutez, pour le point qui vous touche,
Vous n'auez qu'à former vn mot de voftre bouche,
Vous n'auez qu'à montrer que ma mort vous plaira,
Et vous verrez comment I V D I T H obéïra.

   Non ie ne veus pas tant, & ie veus davantage,
Ie ne veus pas ta mort, ie veus ton mariage,
Luy répond Merary d'vn vifage douteux
Obeïs fur ce point, & ie m'eftime heureux.

   Celuy qui s'entretient auec fa reuerie
Dans le plus reculé d'vne verte prairie,
Et qui void tout d'vn coup fortir vn long Serpent
Deffous l'émail des fleurs allant vers luy rempant,
Eft beaucoup moins furpris que ne fut cette belle
Entendant annoncer cette dure nouvelle,
Elle s'arma pourtant de refolution,
Et cacha prudemment fa prompte émotion,
Iugeant bien qu'il faloit fe foûmetre & fe rendre
A ce que Merary pouuoit d'elle pretendre,
Elle auoit trop d'efprit pour ne connoitre pas
Que c'eftoit le deffein qui conduifoit fes pas,
Et que pour ce fuiet s'exerçant la memoire
D'vn fils obeïffant il auoit fait l'hiftoire,
D'ailleurs elle l'aymoit, & l'honnoroit fi fort
Qu'auant de le fâcher elle eut souffert la mort,
A fon propre repos elle deuient contraire,
Et croid n'en point auoir lors qu'elle en priue vn pere,
Vn fi bon naturel produifant fon effet
Luy vient faire fouffrir les maux qu'elle luy fait,
Aufsi pour l'en guerir preparant fa réponfe
A fes plus chers plaifirs enfin elle renonce,
Et charme Merary par ce fage difcours ;
Si vous eftes, Seigneur, l'arbitre de mes iours
Vous pouuez exercer vne entiere puiffance
Sans craindre de mon cœur la moindre refiftance,
Il vous eft trop foûmis pour vouloir s'oppofer
Lors que de fes defirs vous voudrez difpofer,
Ainfi pour l'exciter an bon-heur de vous plaire
Ne luy propofez plus Ifac pour exemplaire,

Il a moins de pouuoir que vostre volonté,
D'elle dépend ma vie auec ma liberté,
Ie m'en fais vne loy que ie ne puis enfraindre,
Et si sur ce suiet i'ay quelque chose à craindre
C'est seulement, Seigneur, de m'éloigner de vous,
Et de vous perdre enfin en gaignant vn espoux,
Ie ne puis rien aymer autant que ie vous ayme,
Me separant de vous ie me quitte moy-mesme,
Et c'est le seul motif, i'en atteste les Cieux,
Qui me feroit trouuer ce lien odieux,
Ie n'attendois pas moins d'vne Fille bien née,
Et quoy que i'eusse pû resoudre l'Himenée,
Luy repart Merary, sans ton consentement,
I'ay voulu toutesfois sçauoir ton sentiment,
Ton naturel me plait, me charme, & me console,
Auec plus de plaisir ie dourray ma parole,
L'on m'offre tous les iours de glorieux partis
Qui te seroient ma Fille assez bien assortis,
Mais celuy qui sur tous me plairoit dauantage
C'est vn ieune Seigneur, riche, vaillant & sage,
D'vn esprit excellent, & d'vn noble maintien
Manassez en vn mot que tu connois fort bien:
La pudique IVDITH baissant vn peu la veuë
Fit faire à son esprit vne prompte reueuë
Pour voir si cét Amant qu'on offroit à son cœur
Estoit assez bien fait pour estre son vainqueur,
Mais Dieu, qui contractoit cette belle Alliance
Pour vaincre de IVDITH la froide indifference
Passa dans son idée vn fidelle pinceau,
Qui dépeignit l'Amant & si noble & si beau
Auec tant de merite, auec tant d'auantage,
Qu'elle sentit enfin ébranler son courage,
Car son teint coloré d'vne chaste rougeur
Presagea qu'elle auoit vn peu moins de froideur,
Puis relevant ses yeux, sur les yeux de son Pere,
Luy repartir encor en tâchant de luy plaire,
L'asseura de nouveau que son authorité
La trouuoit sans desir, comme sans volonté,

Merary satisfait d'auoir pris cette voye
Fait esclatter son front d'vne nouuelle ioye,
Et nous laissant ensemble apres cet entretien
La prudente IVDITH m'honore ainsi du sien,
He bien ma chere Abra que faira ta Maistresse
Tu vois que Merary me poursuit & me presse,
Qu'il desire ardamment que ie donne la main
Au ieusne Manassez peut estre dés demain,
Et que pour ne me point tacher d'ingratitude
Ie renonce aux douceurs de cette solitude,
Que ie suiue vn obiet dont peut estre les mœurs.
N'auront aucun rapport auecque mes humeurs :
Alors qu'vne alliance est si mal assortie
Où doit regner l'amour regne l'antipathie,
Et ce mauuais accord nous fait voir bien souuent
Qu'on attache vn corps mort auec vn corps viuant,
Si de tels déplaisirs accompagnoient ma vie,
Si sous vn ioug si dur elle estoit asseruie,
Que ie mespriserois cette haute splendeur,
Cette pompe, ce rang, ces biens, cette grandeur,
Cette beauté du corps, mesme celle de l'ame,
Si ie n'y rencontrois vne sincere flame,
Si ie ne la voyois dans ces beaux sentimens,
Qui font communs les maux & les contentemens,
Manassez est bien fait, il est vray ie l'advouë,
C'est icy seulement que ma bouche le louë,
Mais puis-ie bien sçauoir si ce port noble & fier
Ne cache point encor vn esprit plus altier,
Toutesfois que le Ciel ordonne de ces choses,
Qu'il me donne à son gré des espines, des roses,
Qu'il me laisse à moy mesme, ou me donne vn espoux,
Ce qui viendra de luy me sera tousiours doux.
　　Ce penser quelque temps luy tint la bouche close,
Puis r'ouurant aux souspirs ce beau bouton de rose,
Refuge de mon cœur, doux espoir de mes iours,
Dit elle, à mon besoin i'implore ton secours,
Esprit de verite viens esclairer mon ame
Fais y luire vn rayon de ta Diuine flame,

Montre à mes pas craintifs vn chemin asseuré,
Et r'asseure bientost mon esprit égaré ;
Dieu qui brusles mon cœur écoute ma priere,
Accorde à mes desirs les desirs de mon Pere,
Et si ta volonté fait agir son pouuoir
Accorde mes desirs à son iuste vouloir,
Ie viens de l'asseurer d'vne ame resoluë
Que sur ma volonté la sienne est absoluë,
Mais auec mon humeur ayant bien consulté
Ie crains d'auoir parlé contre la verité ;
Toy qui connois mon cœur beaucoup mieux que moy mesme,
Qui le vois, ô Seigneur, dans vn desordre extreme,
Prens pitié de sa peine, & montre luy comment
Il peut se dégager d'vn Pere & d'vn amant,
Ce que i'ay dit à l'vn vers tous les deux m'engage,
Et de me retracter ie n'ay pas le courage :
Mais quand ie l'oserois Merary m'est si cher,
Que i'aime beaucoup mieux mourir que le fâcher,
C'est par ce seul motif que ie me suis renduë
Sans auoir rien preueu, sans m'estre defenduë,
Defends moy donc toy mesme, & change son dessein,
Ou fais fondre, Seigneur, la glace de mon sein,
Il n'appartient qu'à toy de faire ce miracle,
Oste pour mon repos ou l'vn ou l'autre obstacle,
Et si de Merary les vœux sont exaucez
Imprime dans mon cœur l'amour de Manassez,
Moy qui m'interessois dans cette grande affaire
Par des Raisons qu'icy ie ne puis pas vous taire,
Ie pris alors mon temps, & luy dis nettement
Tout ce que ie sçauois de son illustre amant.

Madame, luy dis-ie, le Ciel n'est point auare,
Il va recompenser vne vertu si rare,
L'espoux que sa beauté vous destine auiourd'huy
Sera digne de vous ainsi que vous de luy ;
Car bien que Manassez soit d'vn sang Tres-Illustre
Ses inclinations ont encor plus de lustre,
Ie le dois bien sçauoir parce que ses parens
Le donnerent aux miens dés ses plus ieunes ans,

Il n'auoit que trois iours lors qu'il perdit sa Mere,
Et son Pere touché d'vne douleur amere,
Pour ne pas voir l'objet qui pouuoit l'augmenter,
Donna l'ordre à ses gens de le faire absenter,
L'on le porta chez nous où ma Mere affligée
Pour la perte du sien vid sa peine allegée,
Ces innocens attraits touchoient si puissamment,
Quon ne pouuoit le voir sans l'aimer cherement,
Aussi le nourrit elle auec vn soin extreme,
Et comme elle l'aimoit nous l'aimions tous de mesme,
Ce bel astre naissant dedans nostre maison
De tous nos déplaisirs porta la guerison,
Et répendant sur nous son aimable lumiere
Il nous fit oublier nostre perte derniere,
Ainsi ce cher enfant par de contraires coups
S'il affligeoit ailleurs, il consoloit chez nous,
Apres qu'il fut seuré mon Pere fit entendre
A ses bons seruiteurs s'ils vouloient le reprendre,
Non pas qu'il desirat de s'en priuer si tost,
Mais bien pour decouurir si ce riche depost
Seroit long temps chez nous contre toute apparance,
Ou bien si ses parens desiroient sa presence,
Mais il apprit bien tost au gré de ses desirs,
Qu'il iouïroit long temps de ces mesmes plaisirs,
Que leur Maistre tousiours s'affligeoit de sa perte,
Qu'il pleuroit sa moitié dans sa maison deserte,
Et qu'il ne faloit point presenter Manassez
Tandis que sa douleur seroit en cet excez.
Ainsi resta chez nous cet innocent coupable
Attendant que le Ciel luy fut plus fauorable,
Sa grace & sa beauté s'augmentoient tous les iours
Rien n'estoit si charmant que ses ieunes discours,
Il rauissoit les cœurs auec sa bonne mine,
Ses moindres actions marquoient son origine,
Et quoy qu'il ignorat sa haute extraction
Nous remarquions en luy beaucoup d'ambition,
Lors qu'il passoit le temps auec ceux de son âge
Dans leurs petits combats il vouloit l'auantage,

Il l'emportoit tousiours non par authorité,
Mais par force aussi bien que par dexterité,
Son pere cependant dans le dueil de sa femme,
N'auoit pas éloigné Manassez de son ame,
Il ennoyoit vers luy plusieurs fois tous les ans,
Et d'vn soin paternel luy mandoit des presens,
Dés lors qu'il eut atteint vn âge raisonnable,
Et que d'instruction il le iugea capable,
Il enuoya chez nous vn sage Gouuerneur,
Qui fut tres-satisfait de ce ieune Seigneur,
Sous ses enseignemens il fut tousiours docile,
A son Diuin esprit rien n'estoit difficile,
Et son maistre pourueu d'vn eminent sçauoir
S'épuisoit tous les iours sans s'en aperceuoir :
Douze fois le Soleil auoit iauni les plaines,
Sans qu'vn Pere affligé vit terminer ses peines,
Les siens desesperoient de le voir consolé,
Et de reuoir chez luy cet illustre exilé.
Mais Princes admirez icy la Prouidence,
Et comme nos desseins cedent à sa puissance,
Vn iour que Manassez sur le bord du Iordain
Faisoit voir à ses yeux le trauail de sa main,
Et qu'en se promenant il charmoit ses oreilles,
Lisant à haute voix le beau fruit de ses veilles,
Dans l'extreme plaisir que son cœur ressentoit
Il s'escarta bien loin sans voir qu'il s'escartoit,
L'Astre qui fait le iour du haut de l'Emisphere
Iettoit alors vn feu qui n'est pas ordinaire,
Et Manassez craignant de l'auoir trop souffert
Chercha des yeux vn lieu pour se mettre à couuert,
Vn bois de chesnes verds dont les espais fueillages,
Offroient à ses plaisirs leurs frais & beaux ombrages,
Conuierent ses pas d'aller de ce costé
Quoy que de son chemin il le vit escarté,
Au premier pas qu'il fit dans l'enceinte touffuë
Vn cheual attaché se presente à sa veuë,
Dont le riche harnois & sa propre beauté
Luy tindrent long temps l'œil & l'esprit arresté,

Car

Car bien que tout fut noir far ce courfier champétre
Tout marquoit neantmoins la grandeur de fon Maiſtre,
Manaſſez iugeant bien qu'il n'eſtoit pas fort loin,
Courut ce petit bois auec vn nouueau foin,
Et trouue au pied d'vn arbre à l'endroit le plus fombre,
Vn homme qui dormoit, ou pour mieux dire vn'ombre,
Puis que ce triſte corps, couché languiſſamment,
Sembloit eſtre forti du fonds du monument,
Son viſage defait eſtoit couuert de larmes,
Vn baſton à ſes pieds eſtoit ſes ſeules armes,
Et la pâle couleur auec ſon habit noir
Marquoit que ſes deſtins luy laiſſoient peu d'eſpoir;
Le ieune Manaſſez genereux au poſſible
Aux maux de l'inconnu ſe trouua fort ſenſible,
Et s'éloignoit dèja pour ne pas l'éueiller
Quand vn nouueau ſuiet le fit émerueiller,
Vn ſifflement aigû partoit de l'endroit meſme
Où cét homme endourmi montroit vn deüil extreme,
Iugeant ce que c'eſtoit il reuint ſur ſes pas,
Et ſauua l'inconnu d'vn éuident treſpas,
Vn horrible Serpent à longs replis ſur l'herbe
Se gliſſoit, droit à luy, ſur ſon ventre ſuperbe,
Il écumoit de rage, & de ſes yeux ardans
Cherchoit auidemment la proye de ſes dents,
Sa langue eſtoit de feu, de trois pointes formée,
D'où ſortoient à la fois l'écume & la fumée,
Qui ſans ceſſe exalant de funeſtes vapeurs
Gaſtoient l'air d'à l'entour, & flétriſſoient les fleurs,
Le hardy Manaſſez tres-ialoux de ſa gloire
Ne voulut qu'à ſon bras deuoir cette victoire,
Et ſans qu'il demandat ſecours à l'endormy
Ne prend que ſon baſton, attaque l'ennemy,
Il ne conſulte point quelle adreſſe ſubtile
Luy fera ſans riſquer vaincre l'hideux reptile,
Son ſoin le plus preſſant eſt pour cét eſtranger,
Et pour le guarantir il s'expoſe au danger,
Il ſe fait ſon rempart, & preuenant la beſte
D'vn grand & premier coup en écraſe la teſte,

H

Et ce coup est si rude & fait vn bruit si haut
Que le spectre viuant s'en éueille en surssaut,
Il se leue à moitié, & d'vne œillade actiue
Regarde au tour de luy qui de repos le priue,
Puis que le seul sommeil suspendant ses trauaux
Arrestoit pour vn temps la suite de ses maux,
Nostre ieune vainqueur voyant sauter encore
Le reptile mourant qui des yeux le deuore,
Pour ce desir glouton luy donne mille morts,
Redoublant ses grands coups sur son horrible corps ;
Mais tandis qu'il punit des œillades mortelles
Qu'il esteint pour iamais leurs fieres estincelles,
A des yeux plus benins il se fait admirer,
Depuis que l'estranger le peut considerer,
Deuers luy Manassez ayant tourné la veuë
Le voyant éueillé l'aborde & le saluë,
Pardonnez, luy dit-il, à la necessité
Qui rompt vostre sommeil contre ma volonté,
Attiré dans ce lieu par le frais de l'ombrage,
I'ay veu que ce serpent vous alloit faire outrage,
Mais de vostre baston ayant armé ma main,
I'ay puni par sa mort son coulpable dessein,
Voyez-le de plus prez & vous pourrez connoistre
Si cette arme n'a point sceu defendre son maistre,
Ou plustost vous verrez que le Dieu des combats
Par la main d'vn enfant met des monstres à bas,
Ange dit l'inconnu, puissance plus qu'humaine,
Qui de mes longs ennuis viens adoucir la peine,
Qui me fais voir des traits, des charmes, & d'apas,
Que mon cœur cherira iusques à mon trespas,
Qui portes dans les yeux cette Diuine flâme,
Qui mesme apres la mort esclaire dans mon ame,
Ton admirable corps n'est il point animé,
De l'admirable esprit dont le mien fut charmé,
De ce fidele esprit dont l'amour sans seconde,
Faisoit couler mes iours dans vne paix profonde,
Et qui tenoit au mien par vn lien si fort,
Que sa force paroit encore apres sa mort,

Il vient ce cher esprit pour defendre ma vie,
Quand de mes ennemis il la voit poursuiuie,
Son amour immortel me donne ce secours,
Et veille autour de moy pour conseruer mes iours :
Mais ce soin superflu, mon Ange Tutelaire,
Bien loin de m'obliger ne sert qu'à me déplaire,
Et quoy ne sçais tu pas qu'ayant perdu tes yeux
Ie regarde la mort comme vn bien precieux,
Que i'erre nuict & iour aux lieux les plus funebres,
Que ie hay la clarté, que i'aime les tenebres,
Et traisne foiblement ce miserable corps,
Attendant que le Ciel le mette au rang des morts :
Helas! sous quelle erreur mon pauure esprit succombe,
Les beaux yeux que ie plains sont couuerts d'vne tombe,
Ils ne reluiront plus ces aimables Soleils,
Que iusques à ce iour i'auois creu sans pareils,
Mais les tiens font briller leur aimable lumiere,
Ton teint a de son teint la richesse premiere,
Et tu ressembles bien iusques aux moindres traits
L'obiet qui fit ma gloire & qui fait mes regrets ;
Là paroissant touché d'vne nouuelle atteinte
Son beau liberateur il obserue auec crainte,
Garde vn peu le silence & dans quelques momens
Exprime par ces mots ces nouueaux sentimens,
Mais n'es tu point mon fils, ô fatale rencontre,
Tu l'es asseurément, ta mine me le montre,
Parle, tu ne dis mot, n'es tu point Manassez,
C'est mon nom, luy dit-il, c'est ton nom, c'est assez,
Reprit incontinent cet homme inconsolable,
O miserable enfant d'vn Pere miserable,
Qu'est cecy iuste Ciel, par quel bizarre sort,
Chere espouse vois-ie la cause de ta mort,
Pourquoy rencontre ie l'autheur de ma misere,
Qui receuant la vie en a priué sa Mere,
Toy par qui mon bon heur est à iamais destruit,
Toy qui plonges mes iours dans vne triste nuict,
Helas te puis-ie voir sans mourir de tristesse,
Helas te puis-ie voir sans mourir de tendresse,

Innocent malheureux, par qui i'ay tout perdu,
De te voir vn long-temps ie me suis deffendu,
Mais enfin te voyant me pourrois-ie deffendre
De donner à l'amour tout ce qu'il peut pretendre,
Nature viens icy m'aprendre mon devoir,
Et contre ma douleur fais agir ton pouvoir,
Tu le fais, ie le sens, & mon ame est rauie
De voir l'vnique obiet qui tient de moy la vie,
Mais qui par le secours qu'il me donne auiourd'huy
Me contraint d'auoüer que ie la tiens de luy,
Ouy ie te dois le iour, & dans cette auanture
Tu t'acquites vers moy du droit de la Nature,
Tu ne me dois plus rien, mais dis-moy quel destin
Te conduit en ces lieux pour empécher ma fin.

IVDITH.

CINQVIESME PARTIE.

SEigneur, dit Manassez, si vous estes mon Pere,
Et si ie suis l'autheur de la mort de ma Mere,
Si iusques à present mon Sort injurieux
M'a priué de l'honneur de paroistre à vos yeux,
Si ie suis vn objet de tristesse & de haine,
Si i'aigris vos douleurs, si ie fais vostre peine,
Pourquoy desirez-vous que i'arreste en ce lieu,
Souffrez plustot, Seigneur, que ie vous dise adieu,
Que i'aille loin de vous detester mon offence,
Et iusques à ma mort en faire penitence,
Helas! aurois-je crû que dans ce lieu fatal
I'eusse deû rencontrer tant de bien & de mal,
D'estre sorti de vous c'est mon heur & ma gloire,
Mais ie meurs en songeant à ma tragique histoire,
Et si le Sort par moy se laissoit gouuerner
Dans mon premier estat ie voudrois retourner,

Dans mon premier estat pour moy digne d'enuie
Puis qu'il me receloit le crime de ma vie,
S'il me cachoit vn rang & si noble & si beau,
I'ignorois mon malheur dans vn petit hameau,
I'estois chez vn Berger content de ma fortune,
Qu'auecque ses enfans i'ay tousiours crû commune,
Et s'il me preferoit pour l'education
I'attribuois ce soin à mon ambition :
Mais ie me suis mépris, & ma fortune est telle
Que ie la puis nommer fauorable & cruelle,
Car, si, comme ie crois, ie sorts d'vn noble sang,
Mon malheur prés de vous me priue de mon rang.
Cesse de m'affliger beau portrait de ma femme,
Son illustre heritier, cher gage de ma flame,
Luy repartit son pere à demy consolé,
Assez sans s'arrester mes larmes ont coulé,
Ie les veus essuyer en faueur de la ioye
Que i'ay tant éuitée, & que le Ciel m'enuoye,
Assez & trop long-temps tu fus abandonné,
Viens posseder les biens que les Cieux t'ont donné,
Viens iouïr prés de moy du rang que tu merites,
Mais allons voir plustot le Pere que tu quittes,
Allons prendre congé de ce sage Berger,
Allons le réiouïr, ou plustot l'affliger.
C'est ainsi qu'à IVDITH ie poursuiuois l'histoire
Du sage Manassez d'eternelle memoire,
Puis ie luy dis comment cét illustre heritier
Posseda du depuis son Pere tout entier,
Comment iusqu'à sa mort il le cherit de sorte
Que l'on ne vit iamais vne amitié si forte,
Aussi ce cher obiet de ses affections
Au vouloir paternel regloit ses actions :
Mais bien qu'il trauaillat auec beaucoup d'adresse
A guerir de son cœur la profonde tristesse,
Il ne peut empescher auec tous ses efforts
Que ce fidelle espoux ne passat chez les morts.
Là Princes ie mis fin à mon recit fidelle
Qui tira quelques pleurs des yeux de cette belle,

Qui penetre son ame, & luy fit conceuoir
D'vn fauorable Hymen, vn fauorable espoir.
  Le Nocher arresté sur le bord du riuage
Sur le point d'entreprendre vn perilleux voyage,
Consulte auec plaisir les experts Matelots
Qui presagent le calme en l'Empire des flots,
Ainsi faisoit alors cette admirable Iuïfue,
Elle écoutoit ma voix d'vne oreille attentiue,
Et conclut auec moy finissant nos propos
Qu'vn Hymen si parfait produiroit son repos.
Cependant Manassez dans sa naissante flame
Commence de sentir du trouble dans son ame,
Déia mille soupirs s'exalent de son cœur,
Bien qu'il n'ait de IVDITH éprouué la rigueur,
Il cherit vn obiet que iamais il n'aproche,
Il pense que son cœur est plus dur qu'vne roche,
Que les traits de l'amour ne sçauroient le percer,
Et qu'il est insensé seulement d'y penser,
Incertain du succez du feu qui le deuore
Il chancele à l'aspect de celle qu'il adore,
Il veut & ne veut pas son beau feu declarer,
Car il craint d'irriter ce qu'il doit reuerer,
Il se plaint, il gemit, il se pasme, il expire,
Il murmure, il rougit, il espere, il desire,
Il veut pousser à bout son amoureux dessein,
Et faire voir au iour ce qu'il a dans le sein,
Il ne veut plus cacher son amoureuse peine,
Il est temps d'encourir ou l'amour ou la haine,
Il est temps, disoit-il, que l'ardeur de mes feux
Se communique enfin au suiet de mes vœux:
Mais tandis, ô Seigneur, que l'amour luy conseille
De découurir son cœur à la ieune merueille,
Merary ce bon Pere en ce pressant besoin
D'vn zele officieux l'allege de son soin,
Cét Amant plus heureux qu'il n'eut osé le croire
Se vit sans y penser au comble de sa gloire,
Il eut permission de visiter IVDITH,
Mais Princes qu'il parut deuant elle interdit,

Le discret Manassez dans son amour extreme
Tremble plein de respect deuant l'obiet qu'il ayme,
Sa bouche ne sçauroit produire vn compliment,
Et ce n'est que des yeux qu'il parle en ce moment,
Ils disent puissamment l'émotion de l'ame,
Sa ioye, son bon-heur, son respect & sa flame,
Et toutesfois il craint qu'ils se sont confondus
Connoissant que IVDITH les a mal entendus,
Ces éloquens muets, ces doctes interpretes,
Qui declarent du cœur les choses plus secretes,
Ne sont point écoutez quoy qu'ils s'expliquent bien,
IVDITH ne connoit point ce muet entretien;
O prudent Ozias, ô vaillant Amonite,
Elle aussi bien que lui paroissoit interdite,
Mais enfin nonobstant leur peine & leur souci
Manassez commença de lui parler ainsi.

Digne obiet de mes vœux, honneur de la Iudée;
Si vous pouuiez iamais estre persuadée
Du beau feu dont mon cœur brûle pour vos apas,
Le desordre où ie suis ne vous déplairoit pas,
Ie parois deuant vous comme deuant mon Iuge,
Si vous me reiettez où sera mon refuge,
Et si vous condamnez vn innocent amour,
Ie prefere ma mort à la clarté du iour,
Ouy, ie sçauray mourir si i'ay sceu vous déplaire,
Ie ne crains pas la mort comme vostre colere,
Et si vous me voyez trembler à vostre aspect
Connoissez si mon cœur vous ayme auec respect,
Que si le Ciel vn iour complaisant à ma flame
Vouloit communiquer son ardeur à vostre ame
Vous connoistriez alors dans ce beau sentiment
Qu'il faut moins condamner que plaindre vn pauure Amant:
Mais, MADAME, en l'estat où maintenant vous estes,
Vous ne connoissez pas le mal que vous me faites,
Si vous le connoissiez il vous feroit pitié,
Et vous en sentiriez peut-estre la moitié;
Ha! si iamais cét heur accompagnoit ma vie,
Qu'elle seroit, MADAME, alors digne d'envie,

Que mes iours feroient beaux, qu'ils feroient fortunez
Si vous preniez vn peu de ce que vous donnez,
Quittez voftre rigueur ô beauté que i'adore,
Signez de voftre adueu le feu qui me deuore;
Merary m'éleuant au rang de voftre efpoux
Pourroit bien difpofer de vous-mefme fans vous:
Mais ie renoncerois à cét honneur fupreme
Si ie ne l'obtenois, MADAME, de vous-mefme,
Et i'atefte auiourd'huy la clarté de vos yeux
Serment qui m'eft plus faint que d'atefter les Cieux,
Que feule vous pouuez faire ma deftinée,
Que vous pouuez lier ou rompre l'Himenée,
Ie mets dedans vos mains & ma vie & ma mort,
Et par vos volontez ie veus regler mon Sort.
La modefte IVDITH a l'œil doux & feuere
Pour fe renger enfin aux fentimens d'vn Pere,
Ouure fa belle bouche, & d'vn air tout charmant,
Découure ainfi fon cœur à ce fidelle Amant:
Ce n'eft pas d'auiourd huy que ie viens à connoitre
Que le Ciel fit en vous alors qu'il vous fit naître
Vn parfait abregé de fes plus grands trefors,
Qu'il fe pleût à former voftre ame & voftre corps,
Ie le fçauois déia, Seigneur, la renommée
De vos perfections a mon ame charmée,
Mais elle a fceu garder prés de moy fon credit
Puis que i'en trouue plus qu'elle ne m'en a dit,
Et ie découure en vous vn fi rare merite
Que pour le publier fa voix eft trop petite,
Il faut qu'elle fe taife, ou pour en parler mieux
Qu'elle aprene à parler le langage des Cieux:
Mais puis-ie auoir pour vous vne fi haute eftime,
Puis-ie tirer du cœur ce que ma bouche exprime,
Et croire en mefme-temps qu'auec de dons fi hauts
Vous vous abaifferez iufques à mes defauts.
Ha MADAME, à ce coup vous auez fait iniure,
Luy repart Manaffez, au Ciel, à la Nature,
Vous eftes vn chef-d'œuure, vn obiet glorieux,
Vn ouurage accompli de la Terre & des Cieux,

                                                    Voftre

Voſtre vertu ſans prix , voſtre beauté ſupréme,
Meritent de porter vn richę Diademe :
Et quand ie ſerois Roy de tout cét Vniuers
Ie ſerois trop heureux de viure dans vos fers,
Dans l'eſtat où ie ſuis ie ſçay bien que ma flame
N'a pas droit d'eſperer place dedans voſtre ame ,
Que ie ne puis iamais pretendre à ce bon-heur,
Si vous ne m'éleuez à ce haut rang d'honneur,
Si ie dois l'obtenir par le cours de mes peines,
Ie ne refuſe point les plus cruelles geſnes ,
Et ſi de cela ſeul vous voulez me loüer,
Ie n'auray point ſuiet de vous deſauoüer.
Ce deſaueu , Seigneur , ne ſeroit point vn crime
Ie n'aurois pas pour vous , dit-elle , moins d'eſtime,
Celuy que ſans vous voir mon eſprit a conceu
S'augmente lors qu'il void qu'il ne s'eſt point deceu,
Vn plus digne penſer n'y ſçauroit trouuer place,
Et quand pour voſtre feu mon cœur ſeroit de glace,
Qu'il ſeroit inſenſible , & qu'il vous haïroit,
Connoiſſant vos vertus il vous eſtimeroit :
Mais pour parler plus iuſte , & pour vous ſatisfaire,
Puis que mon Sort dépend des volontez d'vn Pere,
Et puis que ſon pouuoir me deſtine vn eſpoux
Ie rends graces au Ciel , Seigneur , que ce ſoit vous ,
Ie dis ſincerement ce que i'ay dans mon ame ,
Ie ne connus iamais ni l'amour , ni ſa flame ,
Mais ſi l'ordre des Cieux me fait vous eſtimer,
Quand il en ſera temps ie pourray vous aymer,
N'en veüilles point , Seigneur , exiger d'auantage ,
Ie me fais violence en pouſſant ce langage,
Ma gloire s'en offence , & me vient quereler,
Me diſant que IVDITH a trop oſé parler.
 O Dieu , dit Manaſſez , ne ſuis ie pas indigne
De receuoir de toy cette faueur inſigne,
C'eſt trop pour vn mortel que ce ſupréme bien,
Quoy , MADAME , ce cœur qui n'ayma iamais rien,
Ce cœur pourra m'aymer , ô charmante parole,
Qui de tous mes ennuis tout d'vn coup me conſole,

I

Trop heureux Manaſſez, quel Seigneur, ou quel Roy
Dans ſon plus grand bon-heur peut s'égaler à toy,
Non, non, il n'en eſt point, ô diuine perſonne,
Qui n'aymat beaucoup mieux mes fers qu'vne couronne,
Mais ne vous fâchez point obiet rare & charmant
D'avoir donné la vie à ce fidel Amant,
Voſtre gloire iamais n'en peut eſtre offenſée,
Peut-on plus ſagement découvrir ſa penſée,
Cét obligeant diſcours vous eſtoit bien permis,
L'affaire eſtant au point où Merary l'a mis.
   Ainſi s'entretenoient ces Amans ſans exemple,
Qui dans trois iours apres furent conduits au Temple,
Où d'vn lien ſacré le grand Preſtre de Dieu
De ces deux nobles cœurs n'en fit qu'vn en ce lieu:
Bethulie en ce iour parut en iour de feſte,
Chaque cœur reſſentoit vne ioye ſecrete,
Chaque bouche pouſſoit des benedictions,
Et les airs éclattoient en acclamations,
Tout le Peuple acouroit en foule dans les ruës,
Mille ieunes beautez qu'on n'auoit iamais veuës
Brilloient pompeuſement au tour de la beauté
Qui peut-eſtre nous va rendre la liberté;
Car de quelque grand heur cette ioye publique
Eſtoit en ce grand iour vne voix Prophetique,
L'admirable I V D I T H, ce Chef-d'œuure des Cieux,
Eſclatoit en ce iour en habits precieux,
Son heureux Manaſſez eſtoit veſtu de meſme,
L'vn & l'autre étaloit vne beauté ſupréme,
Et l'on voyoit alors ſous vn ſexe diuers
Les deux plus beaux obiets qu'eut alors l'Vniuers.
   Apres qu'on eut mis fin à la ceremonie
Merary qui ſentoit vne ioye infinie
En voyant accomplir ſon eſpoir le plus doux
Conduiſit ſa IVDITH chés ſon illuſtre Eſpoux,
Vn ſuperbe Palais attendoit cette belle,
Tout eſtoit preparé pour eſtre digne d'elle,
On l'auoit mis en ordre, & ſes ameublemens
Répondoient à ſes grands & beaux apartemens,

Ils estoient embelis de sçauantes peintures,
L'or éclatoit par tout en diuerses figures,
Et tout ce qu'vn long deüil auoit couuert de beau
Parut dans ce beau iour dans vn éclat nouueau,
La Paix & l'Amitié ces deux sœurs immortelles
Receurent en entrant ce miracle des belles,
Promettant à son cœur que chaqu'vne à son tour
Regneroit desormais dans cét heureux seiour,
Que ce seroit le lieu le plus doux de la terre,
Qu'elles en tiendroient loin & la haine & la guerre,
Qu'elles y produiroient mille beaux sentimens,
Que tout obeïroit à leurs saints mouuemens,
Aussi fut-il tres-vray que ces Filles diuines
Luy donnerent long-temps des roses sans épines,
Qu'elle connut l'effet de leurs secrets propos
Iouïssant pleinement d'vn paisible repos,
Ses beaux iours se filoient auec l'or & la soye,
Les richesses, l'honneur, les plaisirs, & la ioye
Faisoient vn beau concert prés de cette beauté,
Et triomphoient du temps auec leur fermeté,
Le Ciel qui sans cesser luy faisoit bon visage
Donna de beaux Enfans à ce saint Mariage,
La combla de faueurs & de biens à foison,
Et sembloit tout entier pleuuoir dans sa maison :
Mais enfin vn bon-heur & si long & si ferme
Par vn coup impreueu trouua son triste terme,
IVDITH perdit l'aspect de son astre benin,
Et d'vn astre cruel éprouua le venin,
Elle sentit les traits d'vne atteinte mortelle
Qui frapant Manassez vint retomber sur elle,
Faisant sur son esprit de si cruels efforts
Que la mort d'vn espoux luy donna mille morts :
Mais ô Ciel pourray-ie décrire ses alarmes,
Ses peines, ses douleurs, ses soûpirs, & ses larmes,
Et pour en peindre au vif le funeste tableau
Me pourras-tu fournir vn assez noir pinceau,
Lors Abra r'apelant cette funeste idée,
Et toy, poursuiuit-elle, amour de la Iudée,

Esprit de Manaſſez viens icy m'éclairer,
Sur ce que ie ne puis raconter ſans pleurer,
Là, tirant ſon mouchoir pour vn ſi triſte vſage,
Elle eſſuye les pleurs qui baignoient ſon viſage,
Et voyant qu'Ozias en répendoit auſsi
Elle arreſte les ſiens, & puis pourſuit ainſi.

En la riche ſaiſon que les plaines iaunies
Donnent au laboureur de ioyes infinies,
Qu'il void par ſes labeurs les champs ſi bien parez,
Et que les verts ſillons ſont deuenus dorez,
En ce temps Manaſſez deſirant voir les Gerbes
Qu'il faiſoit entaſſer en Montaignes ſuperbes,
Sortit de Bethulie, & d'vn ſoin ménager
Prés de ſes Moiſſonneurs il alla ſe ranger,
Le grand Flambeau du iour d'vne ardeur ſans égale
Réiouïſſoit alors la bruyante Sigale,
Et dardant ſes rayons dans la plaine de l'air
Sembloit bruſler les champs, & l'onde de la Mer,
Cette extreme chaleur du haut du Zodiaque
Renuerſa Manaſſez d'vne mortelle attaque,
Dans le lit de la mort ce Seigneur eſt porté,
Tout l'Art des Medecins eſt en vain conſulté,
En vain pour amortir vne fiévre brûlante,
On épuiſe du corps l'humeur rouge & coulante,
En vain met-on en œuure & la flame & le fer,
Du monſtre ſanguinaire on ne peut triompher;
Ce ſang qui fut vermeil n'eſt plus que pourriture,
Dont la vapeur maligne attaque la Nature,
L'affoiblit, l'empoiſonne, & pour dernier effort
Reduit ce cher Eſpoux aux abois de la mort,
De moment en moment ſa foibleſſe s'augmente,
Mais ce qui plus luy nuit, ce qui plus le tourmente,
Et qui fait à ſon cœur le plus d'émotion,
C'eſt le deüil de IVDITH, c'eſt ſon affliction,
Il ſcait le tendre amour que ce grand cœur luy porte,
Que s'il quitte la vie il faudra qu'elle en ſorte,
Que leurs illuſtres iours marchent d'vn meſme pas,
Et que bien-toſt ſa mort cauſera ſon treſpas:

Vn si triste penser remplit toute son ame,
Il oublie ses maux pour les maux de sa femme,
Il la voit toute en pleurs au cheuet de son lict,
A son moindre souspir elle tremble & pastit,
Elle obserue ses yeux, son geste, & sa parole,
Et craint à tout moment que son ame s'enuole,
Elle ne quitte point ny la nuict, ny le iour,
Ce tendre & triste obiet de son fidel amour,
Tout ce que la douleur a de plus lamentable,
Tout ce qu'vn triste sort a de plus pitoyable,
Tout ce qu'on peut sentir de peine & de tourment,
Voyant souffrir l'objet qu'on aime cherement,
IVDITH sent tout cela, IVDITH sent plus encore,
Nul ne peut exprimer l'ennuy qui la deuore,
Elle inuoque les Cieux, mais les Cieux semblent sourds,
Et cette seule fois luy refusent secours,
Manassez le sent bien, sa ficure qui redouble
Dans le cœur de IVDITH produit vn nouueau trouble.
Il veut la consoler, mais il ne sçait comment,
Car la voix luy defaut dans ce dernier moment,
Toutesfois son amour plus fort que la mort mesme
Luy fait pousser ces mots auec vn dueil extreme.
Cessez de m'affliger auecque vos douleurs
Ie voy couler mon sang voyant couler vos pléurs,
Dans l'excez de mon mal, le mal qui plus m'outrage,
C'est de vous voir icy sans force & sans courage,
C'est de vous voir icy d'vn esprit abatu
Negliger tout d'vn coup toute vostre vertu,
Helas! si vous m'aimez comme il faut que l'on aime,
Conseruez moy IVDITH en vn autre moy mesme,
Conseruez de ce tout la plus belle moitié,
D'elle & de mes enfans prenez quelque pitié,
S'ils ne perdent que moy leur perte n'est pas grande,
C'est ce que mon amour auiourd'huy vous demande,
Ie le demande au Ciel qui tout iuste & tout doux
Prolongera vos iours mesme en dépit de vous,
Ne vous opposez plus à sa Loy Souueraine,
Moderez vos transports pour moderer ma peine,

Ie mourray sans regret si vous vous confortez
Donnez moy vostre main, & me le promettez,
Là, faisant vn effort d'vne façon mourante
Il auance sa main toute pasle & tremblante,
Prend celle de IVDITH, & voulant la serrer,
La douleur & l'amour le firent expirer,
Elle s'en aperçoit, & de dueil abysmée
Sur cette froide main se laisse cheoir pasmée,
Et dans quelques momens ses sens ayant repris,
Elle fait éclater le palais de ses cris,
Tout retentit au bruit de sa funeste plainte,
Clair flambeau de mes iours ta lumiere est esteinte,
Dit elle, & de ton corps ton ame a peû sortir,
Sans que la mienne ait peu se resoudre à partir,
La lâche n'a point fait ses efforts pour te suiure,
Ie puis te voir mourir, & ie puis encor viure,
Cher & fidel espoux, tu seras chez les morts,
Ie verray ton esprit s'enuoler de ton corps,
Et ie verrois le iour apres cette auanture:
Helas! si tu l'as creu tu m'as fait vne iniure,
Rien ne peut m'empescher d'auoir le mesme sort,
Rien ne peut m'obliger à viure apres ta mort,
I'iray, j'iray bien tost aupres de toy me rendre,
Mesler mes os aux tiens & ma cendre à ta cendre:
Plaise au Ciel qu'au retour du Celeste flambeau,
L'on nous mette tous deux dans le mesme tombeau,
Apres t'auoir perdu c'est ma plus douce attente,
Le monde apres ta mort n'a rien qui me contente,
Et ces tristes objets que ie vois tous en pleurs,
Loin de me consoler irritent mes douleurs.
O vous d'vn Pere mort les viuantes images,
D'vn amour eternel chers & precieux gages
Restes infortunez d'vne illustre maison,
Mes enfans, nostre perte est sans comparaison.
     Ainsi fait voir IVDITH la douleur qui la touche,
Mais encore son cœur en dit plus que sa bouche,
Par des souspirs pressans qui suffoquent sa voix,
Sa plainte recommence & finit plusieurs fois,

En vain tous ses parens se rendent aupres d'elle,
Pour moderer l'excez d'vne douleur cruelle,
Leurs discours ne sçauroient calmer ses déplaisirs,
Ils se perdent au vent de ses tristes souspirs,
Elle croit que son mal est vn mal sans remede,
Et dans le desespoir que son ame possede,
Elle n'escoute plus la voix de la raison,
Et de son antidote elle fait son poison.
Mais ce grand Medecin qui guerit toutes choses,
Qui change de nos cœurs les espines en roses,
Qui de nos plus grands maux tire nos plus grands biens,
Fait enfin que IVDITH sent moderer les siens,
Car bien qu'à s'affliger elle soit fort sçauante,
Que tousiours pour vn mort sa flame soit viuante,
Et que de son espoux elle plaigne le sort,
Elle n'y mesle plus le desir de sa mort,
Ce fatal desespoir sortant de sa belle ame,
A fait place aux rayons de la Diuine flame,
Par elle ce grand cœur se voit sollicité
A faire vne vertu d'vne necessité,
Son mal est adouci, mais il est incurable,
Bien qu'elle se modere, elle est inconsolable,
Sans cesse elle souspire, & sans cesse ses pleurs
Expriment de son cœur les sensibles douleurs :
Mais, Seigneur, c'est assez, ie ne prenois pas garde
Que par ce long recit beaucoup ie me retarde,
IVDITH certainement desire mon retour,
Et trouue qu'en ce lieu ie fais trop de seiour:
Toutesfois vous pouuez m'excuser aupres d'elle,
Et mesme luy donner des preuues de mon zele,
Si i'emmene auec moy les deux Prestres de Dieu,
Mais le Ciel à propos les conduit en ce lieu,
Ainsi finit Abra son recit lamentable
Quand les Prestres pressez d'vne soif incroyable,
Alloient chez Ozias auec le doux espoir
D'y trouuer vn peu d'eau dans quelque reseruoir,
Dés qu'il les aperçeut, il deuina leur peine,
Mes freres, leur dit-il, ie sçay ce qui vous mene,

Et de vous contenter ie prendray le soucy,
Mais Abra vous attend depuis vne heure icy,
De grace suiuez la chez sa sainte Maistresse,
Qui dans nos deplaisirs fortement s'interesse,
Elle veut vous parler allez l'entretenir,
Et de prier pour nous faites la souuenir,
Et toy, poursuiuit-il, qui par tant de merueilles
Viens de nous enchanter le cœur par les oreilles,
Ie te fairois icy de longs remerciemens
Si cet illustre obiet de nos rauissemens,
Ne pressoit ton départ par son impatience,
Va donc le retrouuer auecque diligence,
Et vueille l'asseurer, ma fille, qu'à mon tour,
I'auray l'heur de la voir auant la fin du iour,
Auec Abra s'en vont l'vn & l'autre Leuite
Cependant qu'Ozias & le Prince Amonite,
Charmez du beau recit qu'elle vient d'estaler,
Dés qu'ils se trouuent seuls ne cessent d'en parler,
Ils vantent de IVDITH l'amour infortunée,
Plaignent de Manassez la courte destinée,
Et concluent enfin qu'en vn si triste sort
Le viuant est bien plus à plaindre que le mort.
Achior remontant au plus haut de l'histoire,
Seigneur, dit-il au Prince, à peine puis-ie croire,
Ce miracle estonnant, ce prodige de foy,
Ce pouuoir inouï qu'Abraham eut sur soy,
Lors que pour accomplir l'ordonnance Celeste
Il prepara son bras pour vn coup si funeste,
Et d'vn vnique fils, fils sans doute bien cher,
Il en offrit la trame à l'horreur d'vn bucher,
Que si cette seruante eut esté moins pressée,
Iusqu'à ce beau recit elle seroit passée,
Et nous auroit conté ce que Merary dit
Sur ce graue suiet à la belle IVDITH,
I'aurois bien desiré d'apprendre de sa bouche
Si d'vn air pitoyable, ou si d'vn air farouche
Ce resolu vieillard aborda cet enfant,
Lors que de la nature il se vit triomphant;

Car

Car comme Merary l'offroit pour vn exemple,
Il deut sur ce suiet faire vn recit bien ample,
Il deut exagerer cette histoire traçant
La souple volonté d'vn fils obeïssant,
Prince, dit Ozias, si vous voulez m'entendre,
D'vn stile court & vray ie pourray vous l'apprendre,
Le Ciel qui prit le soin de cette verité,
L'a trop bien declarée à la posterité,
Pour la laisser iamais obscure ny douteuse :
Mais vous sçauez desia cette histoire fameuse,
Et par quelque discours que vous m'auez tenu,
Ie vois que son suiet vous est assez connu,
I'en sçay le sens, Seigneur, luy répond l'Amonite,
Mais puis qu'à ce recit mon desir vous inuite,
I'accepteray vostre offre auecque liberté,
Quand ce sera, Seigneur, vostre commodité,
Alors le Prince Hebreu desirant de luy plaire,
Ie vay dans le moment, dit-il, vous satisfaire,
Et reclamant le Ciel, comme il faisoit tousiours,
S'addresse à l'Amonite, & luy fait ce discours.

IVDITH.

SIXIESME PARTIE.

ABraham paruenu iusques au dernier âge,
Ne sçauoit de son bien à qui faire partage,
Car quoy que d'Ismaël il ignorast le sort,
Son long éloignement le faisoit croire mort,
Il charmoit ses ennuis par les purs exercices,
Des plus hautes vertus qui furent ses delices,
Et qui de tous ses maux appaisoient la rigueur
Quand le Ciel complaisant à sa iuste langueur,
Fit naistre cet Isac pour consoler son ame,
De la grande Sara sa chere & sainte femme :

K

Mais auant que ce bien en ses flancs ne fut mis
Dieu mesme à nostre Ayeul l'auoit ainsi promis.

   Mon fidele Abraham si ta foy sans égale
Te fit sortir pour moy de ta terre natale,
Ie te veux tesmoigner par vn riche present
Que tu n'obligeas point vn Dieu méconnoissant,
Ie veux que ta Sara déuenuë feconde,
Mette vn enfant au iour qui peuplera le monde,
Qui sera l'heritier de tes rares vertus,
Qui tiendra sous ses pieds les vices abatus,
Qui donnera des Roys aux deux bouts de la terre,
Qu'ils sçauront conquerir par vne iuste guerre;
Conte si tu le peux les feux du firmament,
Et puis va sur le bord du liquide element,
Pour y conter aussi les petits grains de sable
L'on verra plus encor sur la terre habitable,
D'enfans de cet enfant, l'obiet de mon amour,
Duquel mon propre fils descendra quelque iour,
De ma longue amitié reçois cette asseurance,
Desormais auec toy ie contracte alliance,
Et quant bien l'vniuers viendroit à trebucher,
Que mon cher Abraham me sera tousiours cher;
Ce saint homme abysmé dans vne mer de ioye
Aux pieds de l'Eternel s'humilie & se ploye,
Et voyant cet objet disparoistre à ses yeux,
Ses souspirs enflamez le suiuirent aux Cieux,
Il eut pour ce discours vne ferme croyance,
Et ne fut point deceu dans sa haute esperance,
Car l'Astre tout puissant qui regle les saisons,
A peine eut fait le tour de ses douze maisons,
Qu'il vit heureusement la fin de ses tristesses,
Voyant naistre le fruict des Diuines promesses,
Cet admirable enfant de ce Pere chenu,
Ne fut pas moins aimé pour estre tard venu,
Sans cesse il regardoit ce ieune & beau miracle,
Et comme nostre Dieu son infaillible oracle,
L'auoit destiné chef de tant de nations,
Il le fit esleuer aux grandes actions;

Mais que l'homme est trompé par l'humaine prudence,
A peine cet Isaac touchoit l'adolescence,
Et de son grand vieillard deuenoit le secours,
Que Dieu luy commanda de trancher ses beaux iours,
Ce Dieu, ce mesme Dieu, qui l'auoit rendu Pere
Vint vne nuict vers luy, le visage seuere,
Et ces mots à la bouche, Abraham leue toy,
Ie viens te demander des preuues de ta foy,
S'il est vray que ton cœur d'vn vray zele m'adore,
Va sur le mont Selem à la premiere aurore
M'immoler ton Isaac, puis que rien auiourd huy,
Ne me peut estre offert de si digne que luy,
Mais ie veux que ton cœur à ma voix obeïsse,
Et que ta propre main fasse ce sacrifice,
Qu'elle répande vn sang qui me satisfaira,
Et dresse le bucher qui le deuorera,
Si de ce bon vieillard la douleur fut extreme,
L'on peut l'imaginer pour si peu que l'on aime,
Et comme cet enfant faisoit tout son bonheur,
Prince l'on peut iuger quelle fut sa douleur;
Il se leua pourtant ce Pere Magnanime,
Et fit leuer aussi l'innocente victime,
Il prit tout l'appareil, s'en alla vers le lieu,
Où deuoit s'accomplir la volonté de Dieu:
Mais à peine fut il sur ce mont effroyable,
Qu'à l'instant il deuint du tout inconsolable,
Il perdit la parole, & regardant les Cieux,
Vne source de pleurs s'épandit de ses yeux,
Puis recouurant sa voix à demy suffoquée,
O bonté de mon Dieu humblement inuoquée,
Dit ce grand Patriarche, ayez pitié de moy,
Ie ne balance point, ie fais ce que ie dois,
Ouy, me voici tout prest à plonger cette lame
Dans le sang de mon fils, cette ame de mon ame,
Seulement, ô Seigneur, ie t'ose requerir
Qu'apres l'auoir tué tu me fasses mourir,
Mais helas qu'ay-ie dit auray-ie assez de vie
Pour en priuer Isaac, comme c'est ton enuie,

Pourray-ie me resoudre à luy percer le flanc
Pour en faire sortir les restes de mon sang,
Ha! que plustost ma main sur moy mesme occupée,
Enfonce dans mon sein cette barbare épée,
Plustost qu'elle le touche & dresse le bucher
Pour y voir consumer ce Fils qui m'est si cher,
Mais tu le veux, ô Dieu, qui sçais ma destinée,
Et sur tes volontez i'ay la mienne bornée,
Ie le veux auec toy, cedons, cedons mon cœur,
Tes tendres sentimens ont trop peu de Vigueur,
Celuy qui me forma, celuy qui me fit naistre,
Celuy qui de mon fils est le pere & le maistre,
Me demande sa vie, & bien me fait il tort,
N'a-t'il pas en sa main & la vie & la mort,
Si tout dépend de luy que mon cœur en dépende,
Que ce qu'il m'a presté volontiers ie luy rende,
Que ses desirs des miens soient tousiours triomphans,
Et qu'ils me tiennent lieu de plaisirs & d'enfans.
       C'est ainsi qu'Abraham plein de glace & de flame
Tesmoignoit le combat qu'il sentoit dans son ame,
Lors que le ieune Isaac qui s'estoit écarté
Pour le laisser prier auecque liberté,
Cherchoit par tout des yeux s'il verroit la victime
Qu'il croyoit de trouuer sur cette affreuse cime,
Car l'innocent agneau ne s'imaginoit pas
Que ses iours si cheris fussent pres du trespas,
N'ayant rien aperceu vers son pere il s'auance,
L'aborde en sousriant, & dans ses bras se lance,
Le baise plusieurs fois, & luy dit le soucy,
Qui l'auoit occupé sans auoir reüssi:
Le courageux vieillard tout de nouueau s'estonne
A l'aspect de ce fils son ame l'abandonne,
Ce sentiment humain qu'il auoit combatu
Redeuient le plus fort dans son cœur abatu,
Sa force s'affoiblit dans cette conioncture,
Le deuoir & la foy cedent à la nature,
Son cœur cede à ce coup à l'amour paternel,
Et son premier dessein luy paroit criminel,

Ce furieux combat , qui se passe en luy-mesme ,
Paroit bien-tost aux yeux du cher obiet qu'il ayme ,
Isac est estonné de voir ce saint Vieillard
Qui d'vn front dégoutant , & d'vn triste régard
Leve souuent au Ciel vne teste tremblante ,
En proferant ces mots d'vne bouche mourante ,
Que ie suis malheureux , & que le iuste Ciel
Méle bien d amertume auec vn peu de miel ,
Helas ! qu'il me vend cher le bon-heur qu'il m'envoye ,
Et qu'il fait mes maux longs pour vne courte ioye ,
Mais non , puis que mon corps tout prest à succomber ,
Reçoit le dernier traict qui sur moy peut tomber.
Mon Pere , dit Isac , quelle douleur vous presse
Qui vous fait soûpirer auec tant de tristesse ,
Pourquoy me cachez-vous le suiet de vos pleurs ,
Faut-il que vostre Fils ignore vos douleurs ,
A ces noms si touchans & de Fils & de Pere
Le saint Homme n'est plus capable de se taire ,
Il découure à son Fils quel est son triste sort ,
Et que Dieu par sa main le destine à la mort :
Mais , que le Ciel , dit-il , plustot m'aneantisse ,
Que ma cruelle main fasse ce sacrifice ,
Que ie tuë mon Fils , ha ! funeste penser ,
Bien loin de plaire à Dieu , ce seroit l'offencer :
Ouy , ie me suis deceu , mon erreur est grossiere ,
Cette source de biens qui crea la lumiere
Ne m'a point aparu dans cette obscurité
Pour me faire tomber en cette extremité ,
Celuy qui m'a tenu de discours si funebres
C'est l'autheur de tout mal , c'est l'Ange des tenebres ,
Pour me mieux deceuoir , cét ennemy rusé ,
Sous ce brillant éclat s'est ainsi déguisé ;
Mais ne nous flatons point cela ne peut pas estre ,
L'esclaue ne peut point ressembler à son maistre ,
C'estoit , c'estoit Dieu mesme , ouy , c'estoit vous Seigneur ,
Et le subtil Demon , cét adroit suborneur ,
Ne peut point emprunter cette beauté supréme ,
Qui pour comparaison ne souffre qu'elle mesme ,

Et mon cœur n'auroit point senti tant de respect
S'il n'eut esté touché de son diuin aspect,
Ie vis asseurement vostre adorable face,
Mais que vous ay-ie fait pour m'oster vostre grace,
Que vous a fait mon Fils pour vouloir qu'en son sein,
De son sang innocent ie rougisse ma main,
Vous qui maintenez tout de l'vn à l'autre Pole
Voudriez-vous auiourd'huy rompre vostre parole,
M'auez-vous point promis, ô Dieu de verité,
De remplir l'Vniuers de ma posterité,
Helas ! s'il est donc vray, si de telles merueilles,
Dont vostre aymable voix a charmé mes oreilles,
Doiuent auoir vn iour ce grand éuenement,
Pourquoy détruisez-vous leur beau commencement,
Pourquoy defaites-vous vostre plus bel Ouvrage,
Ne l'auez-vous fait naître auec tant d'avantage
Que pour borner si-tost son glorieux destin,
Et luy faire trouver son soir dans son matin,
Que si ie dois enfin, Puissance Souueraine,
Vous offrir en ces lieux vne victime humaine,
Acceptez ce vieux corps, ce cadavre viuant,
Qui n'est plus desormais que poussiere & que vent,
Et conseruez Isac, cette Tige Royale,
Qui doit estre aux Demons quelque iour si fatale,
Et qui doit ombrager de ses sacrez rameaux,
Malgré ses ennemis, mille Peuples nouveaux :
Mais ie vous parle en vain, ma plainte est superfluë,
La mort de mon Isac doit estre resoluë,
Si mon mal vous donnoit quelque trait de pitié,
Vous me consoleriez d'vn régard d'amitié,
Vous me feriez ouïr vostre voix adorable,
Si vous estiez touché du tourment qui m'accable ;
Mais vous ne me parlez, ny ne vous montrez pas,
Vous voulez que mon Fils souffre icy le trépas,
Vous voulez qu'vn bucher mette son corps en cendre,
Ce corps dont mille Roys deuoient vn iour descendre,
Et qui loin du destin & si grand & si beau
N'obtient pas seulement la grace du tombeau,

A tout cela, Seigneur, mon triste cœur s'apreste,
Pourueu qu'vn autre bras fasse bondir sa teste,
N'exigez point du mien ce tyrannique effort,
Helas! il est trop foible, & mon amour trop fort,
Que si ce sentiment vous semble encor trop tendre,
Donnez-moy les moyens de m'en pouuoir deffendre,
Faites qu'à vos desirs mon cœur soit conformé,
Reglez ses mouuemens, vous qui l'auez formé,
Effacez-en les traits qu'imprime la Nature,
Et faites-luy cherir cette triste auanture,
Forcez sa resistance, & d'vn entier pouuoir,
Faites-le consentir à faire son deuoir.
Pourquoy le differer, dit alors le ieune homme,
En regrets superflus vostre esprit se consomme,
Mon Pere executons la volonté de Dieu,
Puis que pour ce suiet nous sommes en ce lieu,
Faloit-il y monter auec tant de vitesse,
Si vous sentiez au cœur cette molle foiblesse,
Et faloit-il montrer cette premiere ardeur
Pour dementir si-tost sa force & sa candeur,
Poussez iusques au bout vostre noble courage,
Si ie suis vostre Fils, Dieu vous est d'avantage,
Soûtenez le pouuoir de ces belles leçons
Dont vous m'auez instruit de toutes les façons,
M'auez vous point apris auec vn soin extreme,
Qu'on doit plus aymer Dieu qu'on ne s'ayme soy-mesme,
Qu'il faut tout negliger pour ce diuin amour,
Qu'il faut s'il le requiert perdre mesme le iour,
Qu'il faut suiure ses loix douces & rigoureuses,
Qu'il faut croire pour luy nos peines bien-heureuses,
Que ce fut cét amour qui de vos ieunes ans
Vous fit quitter Hanram, & vos plus chers parens,
Renonçant aux douceurs qu'on trouue chez vn Pere
Pour courir les hazards d'vn exil volontaire,
Et que pour vn amour si puissant & si fort
Tout vous sembloit égal & la vie & la mort;
S'il vous souuient encor d'vne flame si belle,
S'il vous en reste au cœur quelque viue étincelle

Faites briller icy sa force & son éclat,
Qu'vn amour cede à l'autre apres ce dur combat,
Si vous auez passé tous les iours de vostre âge
A faire des vertus le bel aprentissage,
Ne vous démentez point en cette occasion,
Faites, faites, Seigneur, cette grande action,
Et ne desirez point qu'vne main estrangere
Vienne faire tomber vne teste si chere,
Ce coup venant de vous sera moins inhumain,
Et ie mourray content mourant de vostre main,
Vne si belle mort vaut la plus belle vie,
Qui par le cours des ans nous doit estre rauie,
Et la mienne s'acheue auec ce haut honneur
Que iusqu'au Firmament doit monter son odeur,
Acheuez donc, Seigneur, sans tarder d'avantage
Faites faire vn effort à vostre grand courage;
Mais ie lis dans vos yeux que cét effort est fait,
Et que bien-tost de nous Dieu sera satisfait.
Beaux lieux, poursuiuit-il, sacrée solitude,
Chers & muets témoins de ma solicitude,
Aprenez à parler pour publier vn iour,
Ce que peut sur nos cœurs vn veritable amour,
Mais i'ay tort de vouloir exiger de loüanges
De ces affreux deserts, puis que bien-tost les Anges,
Qui viendront éclairer cette grande action,
Iront la raconter à chaque Nation,
Et diront qu'Abraham par ce sanglant office
De son vnique Fils a fait vn sacrifice.

    Ozias prend haleine au bout de ce discours,
Et dans quelques momens suiut ainsi son cours,
C'est ainsi qu'vn Enfant de douze à treize années
Affrontoit noblement les fiéres destinées,
Instruisoit vn Vieillard de qui la sainte voix,
De ses moindres discours eut pû former des loix,
Satisfaisant encor à la Toute-puissance
Par vne prompte, souple, & franche obeïssance,
Qui rendant Abraham du tout fortifié,
Luy fit faire l'aprest qui l'a sanctifié,

Il prepara l'Autel, le bucher, & le reste
Que demandoit alors vn employ si funeste,
Arma son bras d'vn fer qu'il alloit décharger
Quand vn beau protecteur, vn diuin messager,
Venu par vne route aux hommes inconnuë,
Sortit tout rayonnant d'vne brillante nuë,
Retint le coup fatal qu'Isac alloit sentir,
Et de ses doux accens tout l'air fit retentir.

C'est assez Abraham, dit l'Ange tutelaire,
Le Maistre que ie sers, le grand, le debonnaire
Est enfin satisfait de ton ardante foy,
Et pour ta recompense, il t'annonce par moy
Qu'apres ce grand essay, qui t'a trevué fidele,
Et qui t'a donné lieu de témoigner ton zele,
Il ne void rien d'égal à toy dessous les Cieux,
Qu'entre tous les mortels tu plais seul à ses yeux,
Que pour ce rare effet de ton obeïssance
Luy-mesme quelque iour sera ta recompense,
Iusqu'au iour qu'il viendra les siecles consommer,
Le Grand Dieu d'Abraham il se fera nommer,
Que desormais Isac, ce tresor de sagesse,
Iouïra des biens-faits promis à ta vieillesse,
Que ton cœur éprouué possedera la paix,
Et sera plus content qu'il ne le fut iamais,
Que dedans ta Maison regnera l'abondance,
Que tes biens passeront dessus ton esperance,
Que dans vn long repos finissant tes vieux ans
Tu mourras couronné de vertus & d'enfans:
Et toy diuin Enfant, que i'admire moy mesme,
Prodige sans pareil d'vne vertu supréme,
Exemplaire parfait des siecles à venir,
Digne d'vn eternel & sacré souuenir,
Origine des Roys, digne Fils d'vn saint Pere,
Vne chaste moitié sera ton beau salaire,
Vne chaste beauté prise chez tes parens,
Rendra tes iours heureux, & tes desirs contens.

Ainsi finit l'Esprit de flame & de lumiere,
Et prenant vers les Cieux sa brillante carriere,

L

Fit succeder la ioye à de iustes soûpirs,
Et fit de ce desert vn iardin de plaisirs.

   Cependant qu'Ozias presque tout hors d'haleine,
Acheuoit son recit auec assez de peine,
Et redoubloit sa soif à force de parler,
Ses Prestres chez IVDITH s'entendent quereler,
Soudain qu'elle les vid leur parlant la premiere
Auec vne action tres-graue, douce & fiere,
Est-il vray, leur dit-elle, ô Chabry, ô Charmy
Que nous allions tomber au pouuoir ennemy,
Est-il vray qu'Ozias si hautement gouuerne
Qu'il vueille nous liurer au pouuoir d'Holoferne,
Et que vous consentiez à cette cruauté,
Sans craindre les trauaux de la captiuité,
Quoy, ne tentez-vous point la Iustice celeste,
De borner à cinq iours tout l'espoir qui vous reste,
Voulez-vous qu'elle agisse à vostre volonté,
Et que pour vos desseins son cours soit limité,
Vous, Prestres du Grand Dieu, colomnes de son Temple,
Vous qui deuez seruir de lumiere & d'exemple,
Vous qui deuez guider vn Peuple infortuné,
L'auez-vous à luy-mesme enfin abandonné,
Au lieu de luy prouuer par de raisons sublimes
Que l'amour des vertus, & la fuite des crimes
Ne suffit point aux cœurs pour le Ciel éleuez,
Si par l'affliction ils ne sont éprouuez,
Nostre Pere Abraham cét homme incomparable
Dont le fidel amour nous est si memorable,
Fut-il pas éprouué, fut-il pas assailli,
Et treuuons-nous pourtant qu'Abraham ait failli,
Isac le fut aussi mesme dés son ieune âge,
Et Iacob apres luy n'eut pas plus d'auantage,
Moïse qui receut de Dieu tant de faueurs,
Moïse qui pour luy montra tant de ferueurs,
Fut-il pas affligé par vn Peuple volage,
Qu'il venoit de tirer d'vn cruel esclauage,
Relâcha-t'il pourtant de son fidele soin,
Et laissa-t'il iamais ces ingrats au besoin,

Témoigna-t'il iamais la moindre impatience,
Que lors qu'il les surprit dans leur funeste danse,
Et que ces insensez commirent ce forfait
D'adorer vn Veau d'or qu'eux mesmes auoient fait.
Vous qui tenez icy le lieu d'vn si grand Homme,
Si du zele qu'il eut vostre cœur se consomme,
Faites icy pour nous ce qu'il fit lors pour eux,
Et malgré les Hebreux disposez des Hebreux.
Nos Peres à regret s'éloignoient de leur gesne,
Mais ce grand Conducteur, ce braue Capitaine,
A leur honteux caprice opposant son pouuoir,
Les retenoit toûiours aux termes du deuoir,
Imitez son amour ainsi que sa prudence,
Auec cét auantage, & cette difference,
Que nous n'auons iamais adoré de faux Dieux,
Et que dans cét erreur tomberent nos Ayeux :
Ce fut pour ce peché, le plus grand de la terre,
Que le Grand Dieu du Ciel leur declara la guerre,
Qu'il les fit enchaisner, & leur courba le front,
Pour soûtenir sa gloire, & venger son affront ;
Mais nous qui condamnons vne faute si grande,
Nous qui rendons à Dieu le culte qu'il demande,
Nous qui dans cét estat voulons viure & mourir
Pourrions-nous craindre enfin qu'il nous laissat perir,
Non, non, croyons plustot que sa bonté supréme
Nous reduit auiourd'huy dans ce peril extreme
Pour faire auec éclat paroistre son amour,
Il en sçait bien le temps, il en sçait bien le iour,
Il viendra ce beau iour, mais attendant qu'il vienne,
Que chacun s'humilie, & chacun se souuienne
Que c'est pour nos pechez vn petit chastiment,
Et que le Dieu vengeur nous traite doucement ;
Mais lors qu'il s'en prendra contre nos aduersaires,
Ils auront tout d'vn coup toutes choses contraires,
Son bras les frapera d'vn si terrible effort,
Que leur moindre malheur pour lors sera la mort.
Les voyant sans honneur nous rirons de leur honte,
Et de nos moindres pleurs leur demanderons conte,

Ils feront en opprobre à toute Nation,
Quand nous triompherons par le Dieu de Sion,
Souffrons vn peu de foif pour vne telle gloire,
On ne peut fans combatre emporter la victoire,
Et le plus grand plaifir, fans plaifir eft goûté,
S'il n'eft point precedé par quelque aduerfité.
Mais me répondrez-vous auec quelque apparence,
La mort nous vient furprendre auec cette efperance,
Nous mourrons par la foif, ha! nous n'en mourrons pas,
Le Dieu que nous feruons eft maiftre du trefpas,
Luy qui pour Ifmaël fit naître vne Fontaine
Lors qu'il eftoit couché prefque mort fur l'arene,
Qui pour plaire à Moïfe en vn defert affreux
Fit vn fi long miracle en faueur des Hebreux,
Et qui nous peut donner, touché par nos prieres,
De l'eau à fuffifance pour former des riuieres,
C'eft celuy qui viendra pour nous defalterer,
Soudain qu'auec efpoir nous fçaurons l'implorer,
Mettons-nous en eftat de meriter fa grace,
Et foyons affeurez que bien qu'il nous menaffe
Il eft noftre bon Pere, & que, fi nous pleurons,
De fon plus grand courroux nous le defarmerons;
Auec de tels propos cette Femme heroïque
Infpire la conftance au couple Leuitique,
Et ces Preftres charmez de fes fages difcours
Sont tous perfuadez de quelque prompt fecours.

   Comme on void dans la nuit la lueür des Eftoiles
Se perdre en vn moment dans quelques fombres voiles,
Et puis par vn bon vent, le broüillard écarté,
Laiffer à découuert leur plus viue clarté,
Ainfi ces faints Pafteurs, ces lampes allumées,
Qui par l'aduerfité paroiffent confommées,
Iettent plus de lumiere auffi-toft que leur foy
Diffipe le nuage, & chaffe leur effroy,
Vn glorieux efpoir s'empare de leur ame,
Et pour le témoigner à cette grande femme
Chabri prend la parole, & fort modeftement
Exprime par ces mots leur commun fentiment.

Digne sang de Ruben, illustre & chaste veuve,
En qui dans ses malheurs la constance se treuve,
Il est vray qu'Ozias a promis qu'en cinq iours
Il rendroit la cité s'il n'a point de secours,
Mais s'il eut satisfait le desir populaire,
Nous serions sous le ioug du Payen aduersaire,
De toute son addresse il s'en est defendu,
Quand le peuple qui crie, & qui croit tout perdu,
Luy dit que c'est en vain qu'on pretend se defendre,
Qu'au lieu de resister, il est temps de se rendre,
Qu'vne soif sans remede, & tant de maux soufferts,
Sont bien plus rigoureux que la honte des fers,
Dans cette extremité ce sage politique
Semble se départir d'vn dessein heroïque,
Il semble relâcher d'vn noble sentiment,
Mais enfin ce n'est rien qu'vn pur amusement;
Car bien souuent vn mal que l'on croit sans remede
Lors qu'il traisne en longueur peut receuoir quelque aide,
Le nostre est de ceux là, nous serons secourus,
Car si tost que vers vous nous sommes accourus,
I'ay conceu dans mon ame vne haute esperance,
Que par vous ces saints murs verroient leur déliurance,
Que vos vœux innocens penetreroient les Cieux,
Et fleschiroient pour nous le Dieu de nos Ayeuls.
Vueillez donc le prier vous serez exaucée,
Nous vous laissons, MADAME, auec cette pensée,
Et pour vous seconder dans ce Diuin proiet,
Nous allons le prier pour le mesme suiet.
Allez donc, leur dit-elle, offrir ce sacrifice,
Afin que le Seigneur à mon dessein propice
Vueille ecouter ma voix, & conduire mes pas,
Mais de ce haut dessein ne vous informez pas,
Qu'Ozias seulement fasse ouurir vne porte,
Et souffre qu'à ce soir auec Abra ie sorte,
Ie ne reuiendray point si cela m'est permis,
Que le Bethulien ne soit sans ennemis,
A ces mots ils s'en vont luy proposer la chose,
Et tandis qu'Ozias l'approuue & s'y dispose.

L 3

L'Heroïne à partir se dispose en secret,
Et dés qu'ils sont sortis entre en son cabinet.

IVDITH.

SEPTIESME PARTIE.

LA Sainte se trouuant dans sa chere retraite,
   Pour obtenir du Ciel ce que son cœur souhaitte,
S'abbaisse iusqu'à terre, & releuant ses yeux,
Fait ainsi sa priere au Monarque des Cieux.
Seul espoir d'Israël, sa force, & sa defense,
Abbaisse vn peu sur moy les yeux de ta clemence,
Voy cette pauure veuve, & daigne l'écouter,
Afin que son proiet puisse s'executer,
Ce superbe ennemy qui nous presse & nous braue,
Va rendre en peu de iours ta Bethulie esclaue,
Si ton bras ne soustient le genereux dessein,
Que ton amour sans doute a versé dans mon sein,
S'il vient de toy, Seigneur, fais, fais le moy connoistre,
Et comme tu donnas l'espée à mon Ancestre,
Au braue Simeon pour defendre sa sœur,
Arme mon bras encor contre cet aggresseur,
Toy qui pour Israel as fait tant de miracles,
Qui le tiras d'Egypte en dépit des obstacles,
Qu'vn Prince opiniastre opposoit à son dam
A la commission du sacré fils Danram,
Qui fit fendre la Mer pour luy faire vn passage,
Lors que l'Egyptien y trouua son naufrage,
Et qu'il fut englouti dans l'abysme des eaux
Auec ses chariots, ses armes, ses cheuaux,
Regarde du mesme œil cette armée orgueilleuse,
Qui pretend de Solime estre victorieuse,
Qui croit fouler aux pieds l'honneur de tes autels,
Et nous faire adorer des Dieux qui sont mortels,

Renuerſe ſes deſſeins, punis ſon arrogance,
Et fais m'en triompher ſelon mon eſperance,
Qu'Holoferne par moy reçoiue le treſpas,
Ie vay partir, Seigneur, viens conduire mes pas.
Viens affermir ma main lors qu'elle ſera preſte
De porter ce grand coup ſur cette haute teſte,
Et pour plus aiſement abbatre ce vainqueur,
Rends moy belle à ſes yeux, rends moy chere à ſon cœur,
Fais briller dans mes yeux vne ſi viue flame,
Qu'elle bruſle ſoudain iuſqu'au fonds de ſon ame,
Et donne vn tel éclat aux couleurs de mon teint
Que ce ſuperbe cœur en ſoit ſoudain atteint :
Que nos Neueux enfin publient pour ta gloire
Iuſqu'aux ſiecles derniers cette illuſtre victoire,
Et diſent qu'vne femme agiſſant par ton bras,
Frapant vn homme ſeul en mit cent mille à bas,
Ta puiſſance, Seigneur, n'eſt point en multitude,
Tout l'vniuers n'eſt rien deuant ta plenitude,
Et quant bien contre nous ſeroient tous les humains,
Tu les peus mettre à bas auec mes foibles mains.
Exauce donc ma voix, Protecteur de nos Peres,
Deliure tes enfans de ces fiers aduerſaires,
Souuiens toy d'Abraham & de ton Teſtament,
En ſon nom ta bonté ie reclame humblement,
Fortifie mon cœur, éclaire mes penſées,
Et rends à mon deſſein toutes choſes aiſées,
Afin que ta maiſon demeure en ſon ſaint lieu,
Et que tout l'vniuers te connoiſſe pour Dieu.
IVDITH acheue ainſi ſa priere enflammée,
Qui d'vn eſſor plus prompt qu'vne flecle emplumée,
Vole dans l'Empirée, & d'vn ſecret pouuoir,
Touche le cœur de Dieu qui ſe laiſſe émouuoir,
Il regarde ſoudain ces troupes Angeliques,
Qui luy chantent ſans fin de glorieux Cantiques,
En choiſit vn d'entr'eux, il l'appelle, & luy dit,
Vole vers la Iudée & va trouuer IVDITH,
Dis luy que ſon deſir me plaiſt & me contente,
Qu'au beſoin mon amour remplira ſon attente,

Que ie donneray force à sa main, à son cœur,
Que de son ennemy son bras sera vainqueur,
Que dés que le Soleil sera plongé dans l'onde,
Et que sa froide sœur assoupira le monde,
Qu'elle pare son corps de ses beaux ornemens
Et pour le subsenter prenne des alimens,
Qu'elle marche sans crainte où la gloire l'appelle,
Que tu seras par tout son conducteur fidele,
Qu'elle aille sans frayeur parmi ses ennemis,
Et que ie t'ay enfin pour sa garde commis,
L'Ange à ces mots s'abaisse & d'une ardeur extreme,
Obeït promptement au Monarque supreme,
Au sortir de l'Olympe il emprunte un beau corps
De tout ce que les Cieux ont de riches tresors,
Du plus pur du Soleil sa cheuelure est faite,
D'un rayon lumineux il couronne sa teste,
Ses yeux sont d'un azur subtil & delicat,
Et son teint de l'aurore a le bel incarnat,
Son front plus blanc que neige, & plus poli qu'yuoire,
Esclate de grandeur, de pudeur, & de gloire,
Son port noble & Diuin est plein de Maiesté,
Et tous ses traicts font voir son immortalité,
Sa tunique à fonds d'or est de fleurs bizarrées,
Qui donnent de l'éclat à ses aisles dorées
Une riche ceinture en serre les beaux plis,
Faite de Diamans, de Perles, de Rubis,
Dans les pleines de l'air il se trace une voye,
Et lors qu'à l'œil du iour ses aisles il déploye,
Et qu'il estale aux Cieux sa Diuine beauté,
Le Soleil pres de luy perd toute sa clarté,
Dans cette pompe auguste il fond en Bethulie,
Où IVDITH, deuant Dieu, souspire & s'humilie,
L'Ange l'estonne un peu par son brillant aspect,
Et luy parle en ces mots pour n'estre point suspect.

   Fille de Merary ta priere est receuë,
Ton entreprise ira comme tu l'as conceuë,
Le grand Dieu d'Abraham que tu viens d'implore,
Veut que ma voix icy vienne t'en asseurer,

Prends

Prends tes riches habits, frize ta cheuelure,
Ioints les beautez de l'Art aux dons de la Nature,
Et quand tous les obiets sembleront endormis
Quitte ta solitude, & marche aux ennemis,
Prends quelques alimens pour n'estre point contrainte
De violer ta loy, ny manger auec crainte,
Va donner le trespas au Prince Assyrien,
Car Dieu veut que son bras agisse par le tien ;
Lors qu'il en sera temps ie te dourray des armes,
Ne prends soin seulement que d'étaler tes charmes,
Et dans tous les perils respire en liberté,
Ie seray le gardien de ta pudicité.
    Auec ces mots finit cét Ange de lumiere,
Et laissant de son corps l'inutile matiere,
Reuole au doux seiour qui seul fait ses plaisirs,
Et qui doit estre seul l'obiet de nos desirs.
IVDITH suiuant des yeux ce celeste Mercure,
Admire dans son cœur cette haute auanture,
Et s'abandonne toute à l'espoir glorieux,
Que luy vient de donner le Messager des Cieux,
Elle en louë l'autheur en paroles de flame,
Et pour executer ce qu'elle a dans son ame,
Et l'ordre que le Ciel luy prescrit fraischement,
Elle laisse son dueil, mais du corps seulement,
Ces lugubres habits dont elle estoit chargée
Ne sont pas le vray dueil où son ame est plongée,
Et malgré cette gloire où son grand cœur pretend
Ce cœur est toûiours triste, & toûiours mécontant,
Il se souuient toûiours de sa gloire passée,
Et quoy que son esprit chasse cette pensée
Pour agir tout entier dans son noble dess.in,
L'ombre de Manassez reuole dans son sein,
Elle va toutesfois où son deuoir la guide,
Elle ouure ses tresors où d'vn œil tout humide,
Et d'vne main tremblante elle fait vn beau choix
De tout ce que son cœur estimoit autresfois,
Puis à l'ayde d'Abra se met vne Simarre,
Où la main par vn Art aussi riche que rare

M

Parsema de bouquets beaucoup plus éclatans
Que ceux que Flore donne à l'aymable Printemps,
Le fonds est de ce bleu qui nous cache la nuë,
Et d'vne inuention au seul ouurier connuë,
Il sceut si bien mesler ce trauail precieux,
Qu'on y void à la fois & la Terre & les Cieux,
De cercles de rubis en attachent les manches,
Et celles qui dessous vont ioindre ses mains blanches,
Sont d'vne toile d'or à filets déliez,
Dont les bords sur les bras sont doucement liez,
Auec des bracelets d'Emeraudes taillées
Sur vn fueillage d'or aux fueilles émaillées,
Vne gaze d'argent que le vent fait mouuoir
Couure le chaste sein qu'elle seule peut voir,
Deux Perles de grand prix pendent à ses oreilles,
Sa coiffure est galante & superbe à merueilles,
Son poil d'vn chastain brun, chastain tousiours prisé,
Et par les mains d'Abrafort sçauamment frisé,
Elle en fait à son gré de tresses & de boucles,
Où mille Diamans comme autant d'escarboucles,
Sur cette obscurité iettent vn feu qui luit
Comme on voit luire aux Cieux les Astres de la nuit,
Dans ce superbe estat la nouuelle Amazonne,
Attendant que la nuict d'estoiles se couronne,
Et que dans la cité tout soit dans le repos,
Elle entretient vne ombre auec de tels propos :
Toy qui me vois icy sous ces habits de gloire,
Funeste & tendre obiet de ma triste memoire,
Ombre de Manassez, souffre que mon tourment
Se couure quelques iours de ce déguisement,
Le Ciel le veut ainsi, sa voix me le commande,
Mon honneur m'y contraint, mon pays le demande,
Mais mon cœur affligé gemit sous ce fardeau,
Et luy prefereroit le repos du tombeau,
Ouy, auiourd'huy ie dois guarentir ma patrie
De la honte des fers & de l'idolatrie :
Toutesfois cette gloire est pour moy sans appas,
Puis que i'en dois iouïr où Manassez n'est pas,

I'iray, l'iray pourtant acheuer cet ouurage,
Où m'engage le Ciel, où ma gloire m'engage :
Mais ayant triomphé de cent mille guerriers,
Ie viendray sur ta tombe apporter mes Lauriers,
Et reprenant mon dueil i'en nourriray ma flame,
Iusqu'à tant que le Ciel me rejoigne à ton ame,
Et fasse entrer mon corps dans ce cher monument,
Où repose auiourd'huy ma gloire & mon tourment.
L'Heroïne s'afflige, & se plaint de la sorte,
Lors qu'Abra l'aduertit qu'il est temps qu'elle sorte,
Qu'vn silence profond regne dans la cité,
Et que pour son départ tout est facilité,
Elle sort du Palais auec cette asseurance
En inuoquant encor la Diuine puissance,
Et d'vn pas diligent se porte sur le lieu,
Où l'attendoient desia les trois Prestres de Dieu,
Dés qu'ils l ont aperçeuë, ils s'auancent vers elle,
Et le graue Ozias considerant la belle,
MADAME, luy dit-il, quelle confusion
Receuront les guerriers de nostre nation,
Apprenant qu'vne femme & seule & desarmée,
N'a pas craint d'approcher cette puissante armée,
Et que pour nous sauuer de la captiuité
Elle expose & honneur, & vie, & liberté :
Mais nous encor plus qu'eux nous aurons de la honte
Puis que vostre grand cœur, qui le nostre surmonte,
A nos yeux pour témoins de sa noble chaleur,
Et que nous ne pouuons imiter sa valeur.
Mais qu'ay-ie dit, non, non, ie suis prest à la suiure,
Et sans exagerer s'il faut mourir ou viure,
I'auray trop de bonheur en suiuant vostre sort,
Et s'il me faut mourir ie priseray ma mort,
Seigneur, luy dit IVDITH, conseruez vostre vie,
Et de suiure mes pas n'ayez aucune enuie,
Ie ne cours point de risque où vous pourriez perir,
Mais le lieu n'est point propre icy pour discourir,
Souffrez plustost que i'aille au camp des infideles,
Ie reuiendray bien tost vous dire de nouuelles,

M 2

I'y dois aller moy seule & pour estre éclairci,
Apprenez que le Ciel me le prescrit ainsi,
Allez donc, luy dit-il, ô femme sans exemple,
Allez sauuer Solime, allez sauuer son Temple,
Cet honneur vous est deu, puissiez vous l'obtenir,
Et puissiez vous encor aux siecles aduenir
Voir regner vostre nom au souuenir des hommes,
Comme vous y regnez dans le siecle où nous sommes,
Et que ce iuste Ciel qui regle vos desseins
Place vn iour ce grand nom au rang des noms des Saints.
La belle en s'inclinant vers la porte s'auance,
Et le bon Ozias quoy que plein d'esperance
Ne peut la voir partir sans verser quelques pleurs,
Et sans sentir au cœur de nouuelles douleurs;
Ainsi s'en va IVDITH, suiuons là chere Muse,
Guide moy sur ses pas dans l'ombre tenebreuse,
Ou plustost inuoquons l'Ange qui la conduit
Afin qu'il daigne encor éclairer qui la suit,
Desia l'obscurité regnoit sur toutes choses
Elle rendoit les lis de la couleur des roses,
Rien ne se discernoit, & la clarté des Cieux
Exerçoit seulement la faculté des yeux,
Et toutesfois IVDITH du futur preuenuë
Marche sans s'estonner dans la route inconnuë,
A la faueur du Ciel qui conduit son destin,
Elle ne cherche point ny centier ny chemin:
Mais la fidele Abra qui suit nostre guerriere
Ne voyant point l'éclat de l'aube matiniere,
Voudroit que sa Maistresse en repos attendit
Que l'Astre du matin sa lumiere épandit,
MADAME, luy dit-elle, expliquant sa pensée,
Vous voyez que la nuict n'est pas fort auancée,
Et que pour arriuer dans le camp ennemi
Nous auons trop de temps en vne heure & demi,
Ainsi vous feriez mieux d'attendre en cette place
Le retour du flambeau qui les tenebres chasse,
Et qui donne à nos sens entiere liberté
Plustost que de marcher dans cette obscurité

Ie ſçay que vous deuez acheuer ſans remiſe
Le deſſein glorieux que le Ciel authoriſé,
Mais, MADAME, le Ciel à vos yeux indulgent
Fairoit luire ſur nous la Lune au front d'argent
S'il vouloit que de nuiċt vous fiſſiez ce voyage,
Lors qu'il tire Iſraël de ſon long eſclauage,
Ne l'éclaire-t'il pas au milieu de la nuiċt
Par vn pilier de feu qui le guide & qu'il ſuit,
Eſperons donc icy que ſon amour inſigne
S'il veut que nous marchions faſſe voir quelque ſigne,
Si ce conſeil vous plaiſt, s'il vous ſemble à propos,
Vous prendrez cependant quelque heure de repos,
Helas! ma chere Abra, luy dit lors l'Amazonne,
Si pour aller de nuiċt deſia ton cœur s'eſtonne,
Que ne fera-t'il point alors que tu verras
Le tumulte guerrier, le terrible embarras,
Dont cent mille guerriers ébranlent la campagne,
Et toute la terreur qui la guerre accompagne,
Ie penſe que pour lors ce meſme cœur ſurpris,
Accuſera le mien d'auoir trop entrepris:
Mais quoy ie t'intimide auec vn tel langage
Au lieu de t'enhardir, & te donner courage,
Il eſt vray que ie tente vn proiet perilleux
Mais que ne peut-on point auec l'aide des Cieux,
Nous vaincrons chere Abra, tu vas voir de merueilles,
Arreſtons cependant puis que tu le conſeilles,
I'aime trop tes advis pour en rien negliger,
Là cherchant vn endroit où ſe pouuoir ranger,
Et ſentant ſous ſon pied vne carriere verte
Que l'abſence du iour rendoit alors deſerte,
L'Amazonne s'y couche attendant que la nuiċt
Se diſsipe au retour de l'aſtre qu'elle fuit,
Alors ſa chere Abra que ſon reproche touche,
Se repoſant auſsi ſur cette verte couche,
Reuient adroitement ſur le propos laiſſé,
MADAME, luy dit-elle, il eſt vray que l'eſſay
Que le Ciel fait icy de voſtre confiance
Eſtonne vn peu mon cœur, lors que bien il y penſe,

M 3

Il est vray que ie crains, ouy, vous le connoissez,
Mais ma crainte n'a point l'obiet que vous pensez,
Elle n'est point pour moy, seule elle vous regarde,
Et lors que vostre vie au peril se hazarde
Mille comme la mienne en cét éuenement
Ne valent pas le soin d'y songer seulement,
Alors que ie vous voy des yeux de la pensée
De mille legions entourée & pressée,
Que ie vous voy parler à ce Prince indompté
Qui suiuant le penchant de sa brutalité
Vous faira massacrer sur la moindre apparence
Que vous auec l'Hebreu soyez d'intelligence,
Ha! Madame, pour lors succombant sous ces coups
Ie m'oublie moy-mesme, & ne songe qu'à vous.
Chere & fidele Abra, luy repart sa Maistresse,
Ton sentiment m'oblige, il est plein de tendresse,
Mais sçache qu'Holoferne auec tout son pouuoir
Deuiendra nostre esclaue ayant osé nous voir,
Et de quelque valeur que ce Payen se vente
Nous en triompherons au milieu de sa tente,
Il sera sans deffense à nostre seul aspect,
Et quoy que nous disions ne luy sera suspect,
Le Dieu qui nous conduit faira tous ces miracles,
Son pouvoir sans limites ostera tous obstacles,
C'est par luy que Dauid encore ieune enfant
Fut attaquer vn Monstre, & reuint triomphant,
Et d'vn seul coup de fronde abatit sur le sable
Cét énorme geant, ce colosse effroyable,
Qui brauoit Ciel & Terre, & ne s'entendoit pas
Que ce petit Berger luy donnat le trespas:
Madame, dit Abra, que ie serois rauie
De vous ouïr parler de son illustre vie,
Et de quelle façon ce Berger fortuné
Fut porté sur le Trône & se vid Couronné,
Ne me refusez point au nom de sa victoire
D'aioûter ce recit au lustre de sa gloire,
Vous vous diuertirez attendant la clarté,
Et m'armerez encor contre ma lâcheté.

Ie le veus bien *Abra* , reprit soudain la belle ,
Mon inclination s'accorde auec ton zele ,
Prepare donc ton cœur à l'admiration ,
Et donne à mon discours beaucoup d'attention :
Depuis que de *Saül* l'ingratitude extreme
Oublia qu'il tenoit du Ciel le Diadéme ,
Ce Prince malheureux se vid abandonné
De la diuine main qui l'auoit couronné ,
Il cessa d'entasser conqueste sur conqueste
De noueaux ennemis à son bras firent teste ,
Et loin d'en triompher comme il faisoit toûiours ,
Il s'en vid accabler , & manqua de secours ,
Ce déplaisir tout seul n'attaqua point ja vie
D'vn tourment sans relâche il la vid poursuiuie ,
Lors qu'vn mauuais Esprit s'empara de son corps
Qui l'obcedoit sans cesse & dedans & dehors ,
Sans cesse il tourmentoit & son corps & son ame ,
Il le faisoit géler , il le mettoit en flame ,
Il le faisoit crier , il le faisoit gémir ,
Il le faisoit marcher , lors qu'il deuoit dormir ,
Et la nuict & le iour cét Esprit implacable
Agissoit puissamment sur ce Roy miserable ;
Toutesfois sa fureur s'appaisoit par moitié ,
Et sembloit relâcher de son inimitié
Lors que l'on opposoit quelque douce Musique
Aux violens assauts de sa colere antique ,
Soit qu'il en eut plaisir , ou qu'il en eut effroy
Sa rage faisoit tréve auec ce pauure Roy ,
Soudain qu'il s'apperceut que par la melodie
Il pouuoit soulager sa dure maladie
Il fit chercher par tout de ioüeurs d'instrumens
Afin de voir par eux amoindrir ses tourmens :
En ce temps là *Dauid* encor en son bas âge
Par les ordres du Ciel fut tiré du vilage ,
Cét aymable Berger qui sur le serpoulet
Ioignoit si doctement la lire au flageolet ,
Fut conduit à la Cour , où dés ses ieunes lustres
Sa valeur surpassa celle des plus illustres ,

Il n'auoit rien de bas que son humilité,
Dans ses yeux petilloit vne noble fierté,
Son visage estoit beau, sa taille auantageuse,
Son esprit excellent, son ame genereuse,
Et sa main tres-sçauante aux merueilleux accords
Qui du Roy d'Israël apaisoient les transports,
Aussi le cherit-il auec grande tendresse :
Mais tandis que Dauid de toute son adresse
Tâche de triompher de l'esprit qui l'abat,
Le Geant Golias se presente au combat,
C'estoit vn Philistin d'vne énorme stature,
Vn prodige en hauteur, vn effort de nature,
Ou plustot vne erreur, car en n'en faisant qu'vn
Elle creût bien d'en faire au moins six du commun,
Du pied iusqu'à la teste, excepté le visage,
Estoit couuert de fer cét homme de carnage,
Sa lance estoit vn pin des plus hauts éleuez,
Qu'aux bords de nostre fleuue on ait iamais treuuez,
Et Sanson, quoy qu'il eut vne force inuincible,
N'eut pû porter le fer de cette lance horrible,
Dans ce fier équipage il se tint quelque temps
A défier Saül, & tous ses combatans,
Venez, leur disoit-il, si le cœur ne vous tremble,
Venez l'vn apres l'autre, ou venez tous ensemble,
Venez pour me combatre, & ma vie, ou ma mort,
Des deux camps ennemis decidera le sort ;
Mais il a beau crier de sa voix de tonnerre,
Saül mesme, Saül, ce grand foudre de guerre,
Pour l'aller affronter n'a point assez de cœur,
Et voudroit bien qu'vn autre emportat cét honneur.
Cependant que Dauid dans son ieune courage,
Sent vne double ardeur au dessus de son âge,
Qui répond dignement au grand & digne choix
Que le Ciel fit de luy pour l'honneur de nos Rois,
Car déia Samuel ce sage & saint Prophete,
Auoit fait découler dessus sa blonde teste,
La sacrée Onction qui fait la Royauté,
Et qui du Roy des Rois prend son authorité,

Sa vertu qui s'épend dans cette Ame heroïque
En cette occasion fort noblement s'explique,
Dauid cede au beau feu qui s'alume en son sein,
Et propose à Saül son genereux dessein,
Accorde-moy, Seigneur, luy dit-il, que ie tente
De vaincre ce Geant dont la voix menaçante
Tout le camp d'Israël défie insolamment,
Sans craindre de Saül le iuste chastiment :
Si ie ne suis desceu, ma dextre quoy que tendre
Le faira répentir d'auoir osé t'attendre,
Et quoy que ieune enfant, ie me tiens assez fort,
Pour l'abattre à tes pieds, & luy donner la mort.
Helas ! luy dit Saül, cher ieune homme que i'ayme,
Autant que Ionatas, autant comme moy-mesme,
Aurois-ie bien le cœur d'exposer tes beaux iours
Qui donnerent aux miens de si charmans secours,
Pourrois-ie voir la main, cette main secourable,
S'affoiblir sous l'effort d'vn Monstre redoutable,
Et verrois-ie tomber sous ce fier Philistin
Auecque mon repos ton ieune & beau destin ;
Mais quand ie le pourrois, & quand pour ta ieunesse
Ie n'aurois dans le cœur, ni soucy, ni tendresse,
Quand ie verrois ton bien de mesme œil que ton mal,
Ie ne dois point souffrir ce combat inégal ;
De lui depend le Sort de toute la Iudée,
Cette guerre par lui se va voir décidée,
Et l'Hebreu qu'on verra dans ce fameux duël
C'est celui qui doit perdre, ou sauuer Israël ;
Ainsi quoy que ton cœur & me charme & m'estonne,
Quoy que son seul desir merite vne couronne,
Quoy que ce noble cœur soit le cœur d'vn Heros,
De suiure sa chaleur il n'est point à propos,
Ton âge me deffend d'écouter ton enuie,
Tu ne fais, ô Dauid, que venir à la vie,
Et pour pretendre enfin à de pareils lauriers
Il faut auoir vieilli dans les trauaux guerriers,
Dauid sans s'estonner d'vn refus legitime
Pour donner de luy-mesme à Saül quelqu'estime,

N

Et vaincre son esprit pour vaincre Goliat,
S'il ne faloit qu'auoir donné quelque combat,
Pour pretendre, dit-il, à cette haute gloire,
Ie pourrois me venter de plus d'vne victoire,
Et si ce ne fut point sur des Geans armez,
Ce fut sur des Lions & des Ours affamez,
Ouy, plusieurs fois sur eux dans nostre pasturage
De vaincre & de tuer i'ay fait l'aprentissage,
Car la main du Tres-Haut que i'inuoquois alors
Donnoit force à mon cœur aussi bien qu'à mon corps,
Elle qui fut toûiours propice à mon enfance
Daignera bien encor s'armer pour ma defense,
Tu le sçais bien, Seigneur, le Dieu que nous seruons
Ne se mesure point sur ce que nous pouuons,
Il ne luy suffit point d'enflamer nos courages,
Lors qu'il veut que nos mains fassent de tels ouvrages,
Il nous donne sa force, & nous rend tout soûmis
Lors que nous combatons contre ses ennemis.
Saül persuadé par ce pieux langage,
Que le Ciel inspiroit ce valeureux courage,
Consent à voir partir ce nouveau Conquerant,
Mais il ne le peut voir d'vn œil indifferent,
Il le baise, il l'embrasse, il verse quelques larmes,
Il le fait habiller de ses Royales Armes;
Mais le ieune guerrier accablé de leur poix
Veut qu'il luy soit permis de s'armer à son choix,
Il le fait, & laissant cette charge dorée
Pour gaigner vn laurier d'eternelle durée
Il ne veut qu'vne fronde, & quatre ou cinq cailloux,
Puis malgré ses Germains de sa gloire ialoux,
Il va d'vn pas hardy vers le fier aduersaire,
Qui voyant aprocher ce ieune temeraire
Auec si peu de crainte & de precaution
Es-tu le deffenseur de cette Nation,
Luy dit-il, & Saül ce circoncis infame
A-t'il mis sa querelle en la main d'vne femme.
Mais toy-mesme où viens-tu Soldat mal informé
Pour combatre des chiens te voilà bien armé,

Mais contre Goliat la terreur des gens-d'armes,
Pour deffendre Israël ce sont de foibles armes,
Monstre, luy dit David, que l'Enfer a vomy,
Deffends - toy si tu peus de ce foible ennemy,
Mais tel que tu le vois, sans épée & sans lance,
Il méprise ta force, & rit de ta vaillance,
Le Dieu qui me conduit c'est le Dieu des combats,
C'est par lui que tu vas succomber sous mon bras,
C'est par lui qu'vn Enfant dans ce foible équipage,
Va donner ta charrogne aux oiseaux de carnage,
Apres auoir mandé ta noire ame en Enfer,
Et fait sauter ta teste auec ton propre fer,
L'effet suiuit de prés cette sainte menasse,
Déia le fier Geant sa fiere lance embrasse,
Son fer étincellant frape déia les yeux,
Quand le Fils de Iessé leuant les siens aux Cieux,
Seigneur, dit-il, Seigneur, exauce ma priere,
Donne force à mon bras pour lancer cette pierre,
Conduis si bien le coup qu'il soit vn coup de mort,
Et que ton ennemy tombe sous son effort,
Lors prenant vn caillou dans la fronde il le câche,
Hausse son petit bras qui ce grand coup délache,
L'énorme Philistin au front en est atteint,
De son malheureux sang tout le terroir se teint,
Il void plustot son sang, qu'il n'a senti la playe,
D'aller à son vainqueur vainement il essaye,
Il chancelle, il succombe, & tombe rudement,
Comme lors que la foudre accable vn bastiment,
David sans s'arrester à mille cris de ioye,
Que le camp d'Israël à son oreille enuoye,
Ny sans estre effrayé des effroyables cris
Que font les Philistins de cette mort surpris,
Il va vers Goliat, & ce ieune Prophete
Auec son propre fer lui fait sauter la teste,
Qu'il offre en mesme-temps, & sur le mesme lieu,
D'vn cœur reconnoissant en trophée à son Dieu,
Ne voilà point Abra, poursuiuit l'Heroïne,
Paroistre en vn beau iour la Puissance Diuine,

Et n'auons-nous point lieu d'esperer auiourd'huy
Qu'elle faira pour nous ce qu'elle fit pour luy,
Ouy, Madame, il est vray, mais selon ma priere
Vous me deuez donner l'histoire toute entiere,
Luy dit-elle, & le peu que vous auez fourni
Me donne pour le reste vn desir infini.
IVDITH leuant les yeux du costé de l'Aurore
Pour voir si l'Orison se blanchissoit encore,
Et n'apercevant rien qui ne fut obscurci
Elle reprend haleine, & puis poursuit ainsi.

IVDITH.

HVICTIESME PARTIE.

Dauid goûta bien-tost les fruits de sa victoire
Tout sembloit conspirer à sa naissante gloire,
Saül le cherissoit d'vn amour sans égal,
Et l'honnora chez luy d'vn lien coniugal,
Il lui donna Michol ieune & belle Princesse,
Cét hymen redoubla la commune allegresse;
Mais si toute la Cour en receut du plaisir
Ionatas vid alors accomplir son desir,
Ce Prince aymoit Dauid, d'vne amitié sincere,
Et cét illustre hymen l'ayant fait son beau-frere,
Ce nœud fut vn pretexte à cét amy parfait
Pour luy communiquer plus d'vn rare bien-fait,
Il n'auoit rien de beau, rien qui fut magnifique
Dont il ne fit present à cét homme heroïque,
Et n'aymoit les tresors à son rang affectez
Qu'apres que son Dauid les auoit acceptez:
Dauid de son costé d'vne ardeur sans égale
Cherissoit les vertus de cette Ame Royale,
Et répondoit si bien à sa forte amitié
Que l'vn de l'autre estoit la plus chere moitié,

Ils ne se voyent point sans des transports de ioye,
Et de mille douleurs leur cœur estoit la proye,
Presque iusqu'à mourir ils estoient affligez
Lors qu'à se separer ils estoient obligez.
Ces deux Princes passoient ainsi leur noble vie,
Trop heureux si Saül eut esté sans enuie,
Et si son noir demon ne l'eut point suscité
D'interrompre le cours de leur felicité,
Cet esprit soubçonneux & plein de méfiance,
Connoissant de Dauid l'admirable vaillance,
Et mille autres vertus qui le font estimer,
Commence de le craindre & cesse de l'aimer,
Soudain à l'amitié vient succeder la haine,
Sa ialouse fureur luy court de veine en veine,
Il ne respire plus que sang & cruauté,
Et le trespas du gendre est enfin arresté.
Mais il craint qu'Israel pour cette chere teste,
N'excite sur la sienne vne horrible tempeste,
Et preuoyant la fin d'vn si noir attentat,
Il craint en le perdant de troubler tout l'estat ;
Ce politique adroit pour éuiter l'orage,
Cache sa perfidie au fonds de son courage,
Et pour executer l'effroyable dessein
Que son mauuais esprit luy pousse dans le sein,
D'vn pretexte d'honneur il colore son crime,
Il veut de beaux lauriers couronner sa victime,
Et tout ce que la guerre a de plus perilleux,
Dauid va l'essuyer en mille diuers lieux :
Mais il fait voir par tout que sa main sans seconde
Sçait vaincre par l'espée ainsi que par la fronde,
Et celuy que l'on croit enuoyer à la mort
Paroït invulnerable & maistre de son sort,
Il signale son bras de victoire en victoire,
Et reuient à la Cour tout couronné de gloire,
Solime le reçoit comme son demi Dieu,
Et le triste Saül n'entend plus en tout lieu
Que des chants de triomphe à l'honneur de son gendre,
Les Dames à l'enuy luy font sans cesse entendre,

Que l'immortel Heros qui changea leurs destins
Vient d'immoler encor dix mille Philistins.
Cet ingrat furieux, ce ialoux frenetique
Ne sçauroit plus souffrir vne telle musique,
Son demon s'en irrite, il luy faut opposer
Des chansons de tristesse afin de l'appaiser,
Et cependant Dauid ignorant ces alarmes,
Gouste paisiblement vn repos plein de charmes,
Il ne s'apperçoit point que ce malheureux Roy
Tesmoigne à son aspect quelque espece d'effroy,
Ses yeux sont deuenus deux sanglantes comettes,
Qui de quelque malheur sont les fiers interpretes:
Mais l'innocent Dauid impute son chagrin
Au mauuais traitement de son esprit malin,
Vn iour qu'il animoit sa lire en sa presence,
Ce Prince furieux aperceuant sa lance,
Et cedant aux transports qui le viennent presser,
La saisit promptement, & voulut l'en percer,
Quand le saint Musicien d'vne addresse guerriere
Sçait éuiter le coup de la pointe meurtriere,
Et sortant de la chambre assez paisiblement
Laisse ce malheureux dans son premier tourment,
Il est au desespoir d'auoir manqué d'addresse,
Et pour bien déguiser son crime & sa foiblesse
Accuse le demon qui l'ose tourmenter
De la fole action qu'il semble detester,
Toutesfois sa fureur est bien tost découuerte,
Dauid connoit bien tost qu'il desire sa perte,
Il éloigne la Cour attendant que le temps
Ait changé de Saul les desseins inconstans,
Tandis de Ionatas l'amitié sans pareille
Attaque adroitement la paternelle oreille,
Il n'obmet rien à dire en faueur de Dauid,
Il vente son respect, sa douceur, son esprit,
Et les plaisirs qu'au cœur inspire sa Musique,
Qui redonne la ioye au plus melancolique,
Et cet amy fidele agit si puissamment

Auec tant d'eloquence, & si heureusement,
Que Dauid est remis dans sa faueur premiere,
Cet astre de la Cour y répand sa lumiere,
Mais les ialoux soubçons qui l'auoient écarté
Renaissent à l'aspect de sa viue clarté,
La haine que l'absence auoit comme endormie,
S'éueille en cet éclat à mortelle ennemie,
Et cet obiet de gloire à Saul si suspect
R'alluma sa fureur à son premier aspect,
Il le voit toutesfois, mais d'vn œil de contrainte,
Ionatas le remarque auec beaucoup de crainte,
Il espere pourtant qu'en estant fort aimé
Dauid verra par luy ce courroux desarmé,
Pour en venir à bout il met tout en vsage :
Mais le trouuant vn iour au plus fort de sa rage
Et voulant opposer ses soins officieux,
Cessez, luy dit Saul, ô ieune audacieux,
Et si vous desirez desormais de me plaire,
Sur de pareils suiets apprenez à vous taire,
Ie ne puis plus souffrir vostre importunité,
Et vous pourriez enfin m'esprouuer sans bonté,
Quoy, Seigneur, luy répond ce Prince Magnanime,
Traitter en criminel qui n'a point fait de crime,
Hayr sans nul suiet vne extreme vertu,
Sans laquelle on verroit vostre thrône abatu,
Et vouloir que mon cœur à luy mesme contraire,
Cesse de proteger vn innocent beau frere,
Vn homme qui pour nous s'expose incessamment,
Ha! Seigneur, vostre sang agit plus noblement,
Vous qui l'auez aimé d'vne amitié si tendre,
Qui l'auez fait monter au rang de vostre Gendre,
Qui l'auez estimé digne de cet honneur,
Voudriez vous auiourd'huy vous dementir, Seigneur,
Voudriez vous bien priuer de cette gloire insigne
Vn homme qui iamais ne s'en rendit indigne,
Et qui garda tousiours dans son moindre proiet
Les humbles sentimens d'vn fidele suiet,

Traistre luy dit Saul, quel demon te transporte
Que tu viennes icy m'outrager de la sorte,
D'vn reproche sanglant tu me couures le front,
Et tu me crois d'humeur à souffrir cet affront,
Ie t'obligeray bien à changer de pensée,
De ton peu de respect mon ame est offensée,
Mais ce qui plus me donne vn vif ressentiment
C'est de voir ta folie & ton aueuglement,
C'est de te voir si lâche & facile à seduire,
De vouloir appaiser qui songe à te destruire,
Et de contribuer toy mesme à couronner
Vn ieune ambitieux qui veut me déthrôner,
Ha! Seigneur, iugez mieux d'vn homme incomparable,
Dauid d'vn tel penser ne fut iamais capable,
Luy répond Ionatas, & s'il vouloit regner
Il sçauroit bien ailleurs des couronnes gagner,
Puisse viure Saul vn long amas d'années,
Mais si le Ciel tranchoit ses nobles destinées,
Et que d'aller au trône il luy fut lors permis,
Il le refuseroit si vous laißiez des fils:
Dauid ne voudroit point vne gloire vsurpée,
Luy qui trouue la sienne au bout de son espée,
Luy qui la tourneroit contre son propre sein,
S'il pouuoit conceuoir vn iniuste dessein,
Et bien luy dit Saul, qu'il soit ce que vous dites,
Qu'il n'ait point de defaut, qu'il soit plein de merites,
Ie le hay toutesfois soit par auersion,
Ou par l'ombrage faux de son ambition;
I'ay resolu sa perte, & si vous estes sage,
Chassez vne amitié qui vous nuit & m'outrage,
Et qui vous eut rendu pres de moy criminel
Si ie n'auois pour vous vn cœur tout paternel,
Meritez ma bonté tandis qu'elle est extreme,
Aimez les sentimens d'vn Pere qui vous aime,
Que si vous persistez encor dans vostre erreur,
Craignez que cet amour ne se change en fureur:
A ces mots il le quitte enflamé de colere,
Le pauure Ionatas voyant partir son pere

Auec des sentimens qui luy donnent la mort
Pour l'arrester encor tente vn dernier effort,
Il le prie à genoux l'arrestant par sa robe,
Mais Saul brusquement de ses mains se dérobe,
Et d'vn regard farouche il dit, en s'en allant,
Qu'il va faire éclater quelque acte violent.
Ionatas le comprend, & ce braue courage
Au peril de ses iours va soustenir l'orage,
Il va trouuer Dauid pour le faire éuader,
Ou s'il est necessaire il le va seconder,
Il va pour s'opposer à la brutale enuie,
Qui luy veut enleuer la moitié de sa vie,
Et plein d'émotion, de crainte, & de fierté,
Mon frere, luy dit-il, songe à ta seureté,
Dans ces funestes lieux ta mort est asseurée,
Saul, l'ingrat Saul, deuant moy la iuré,
Va chercher vn azile en vn sein estranger
Où tu seras sans crainte, ainsi que sans danger,
Tout autre que Saul, & fut il vn barbare,
Sera l'adorateur d'vne vertu si rare,
Tu trouueras par tout des amis couronnez,
Qui de te proteger se tiendront honorez,
Fuy donc, mais promptement, sans que rien te retarde
Vueille le Tout-Puissant te prendre sous sa garde,
Vueille le Tout-Puissant, secondant mon desir,
Te donner autant d'heur que i'ay de déplaisir:
Helas! qui l'auroit dit, ô fatale prudence,
Que i'eusse desiré moy mesme ton absence,
O Dauid, ô mon frere, aurois-ie pû penser,
Que de me dire à Dieu, i'eusse deu te presser,
Moy qui ne viuois point que de ta chere veuë,
Moy qui sens maintenant que ton départ me tue,
Ha c'est trop, dit Dauid, ô Prince genereux
Entrer aux interests d'vn pauure malheureux,
Prenez moins de souci d'vne vertu commune,
Et laissez moy tout seul souffrir mon infortune,
La part que vous y donne vne sainte amitié,
Au lieu de l'adoucir l'aigrit de la moitié,

O

Si vous n'auiez pour moy cette forte tendreſſe
Ie pourrois m'éloigner auec moins de foibleſſe ;
Mais ie ſens redoubler mes mortelles douleurs
Lors que ie vois icy Ionatas tout en pleurs,
Ceſſez Prince, ceſſez, de plaindre vn miſerable,
D'innocent que ie ſuis vous me rendez coulpable,
Ie deuiens criminel de vos moindres ſouſpirs,
Et le Ciel vangera ſur moy vos déplaiſirs.
Le Ciel qui void en toy la vertu pourſuiuie ,
Luy repart Ionatas, par l'auteur de ma vie
Me feroit te donner icy d'autres ſecours
Si d'autres ennemis attentoient ſur tes iours,
Il peut donc bien ſouffrir que ie verſe des larmes,
Puis que contre Saul ie n'ay point d'autres armes :
Toutesfois s'il pouuoit de tes iours diſpoſer
Pour ton ſang rependu ie pourrois tout oſer.
Vueille le Iuſte Ciel me preſeruer d'vn crime ,
Que pluſtoſt de Saul ie ſois ſeul la victime,
Auſſi bien s'il s'obſtine à la mort de Dauid,
Qu'il vienne ouurir mon ſein, c'eſt là, c'eſt là qu'il vit,
Ouy, Seigneur, luy dit-il , mais comme cette vie
De gloire & de bon heur eſt ſans ceſſe ſuiuie,
Il la faut preferer à la triſte moitié
Qui n'eſt plus maintenant qu'vn obiet de pitié ,
Que s'il arriue enfin que Saul ſe contente
Et qu'vn iour le ſuccez réponde à ſon attente,
Et que ie doiue enfin ſuccomber ſous ſes coups
Ie ne ſeray point mort ſi ie puis viure en vous,
Conſeruez apres moy cette Diuine flame
Dont le Ciel attacha mon ame auec voſtre ame,
Et faites qu'vn lien & ſi doux & ſi fort
Faſſe viure Dauid encor apres ſa mort.
Ainſi ces deux amis d'vne égale tendreſſe
Teſmoignoient l'vn pour l'autre vne égale triſteſſe,
Et les pleurs qu'ils verſoient dans ce fatal moment
Montroient bien qu'ils eſtoient touchez également.
Si Saul eut connu vne amitié ſi tendre
Son cœur de la pitié n'auroit pû ſe defendre

Mais loin d'estre touché d'vn sentiment si doux
Il cede à la fureur d'vn iniuste courroux,
Il fait reflection sur la rage insensée,
Qui l'a fait trop presser à dire sa pensée,
Et que si Ionatas entend bien son deuoir
Dauid ne sera pas long temps en son pouuoir :
Alors pour s'asseurer contre sa méfiance
Il le mande soudain en toute diligence
Iustement sur le point que Ionatas & luy
S'entrecommuniquoient leur mutuel ennuy :
Michol qui de leur cœur est la depositaire
Répond adroitement aux valets de son Pere,
Que Dauid est malade, & les congediant
Inuente à mesme temps vn rare expedient,
Elle le met au lict au moins en apparence,
Tandis qu'à la faueur de l'ombre & du silence
Le vray Dauid se sauue, & ne laisse à Saul
Qu'vn phantosme à sa place enuironné de dueil :
Mais quel que soit ce dueil qu'affecte la Princesse,
Que pour vn feint malade vne vraye tristesse
Vueille faciliter vn triste éloignement,
Les Soldats de Saul reuiennent promptement,
Demandent que Dauid soit mis en leur puissance,
Et s'approchant du lict auec toute insolence
Pour l'en faire sortir fut il mort ou viuant,
Ils trouuent que c'estoit vn obiet deceuant ;
Ce raport fait au Roy iuge de sa surprise,
Il commande d'abord que sa fille soit prise,
Et conduite en sa chambre où toutes les fureurs
Dont ce Prince nourrit ses fatales erreurs
Assaillent tout d'vn coup cette pauure Princesse,
Mais elle sçait si bien vser de son addresse
Que cet esprit credule & facile à changer
Croit que sans iniustice il ne peut l'outrager :
Mais croyant se vanger & de Dauid & d'elle,
Malgré sa resistance il la rend infidele,
Et quoy que Ionatas s'opposat sourdement
Au tirannique effect de son ressentiment,

O 2

Il ne peut empeſcher qu'elle ne fut donnée
Nonobſtant ſes refus en ſecond hymenée,
A Phatty, mais encor ce bien luy fut oſté
Lors que noſtre Dauid vint à la Royauté.
Il partit cependant de cette ingrate terre,
 Qui tient de luy la paix, & qui luy fait la guerre,
Car l'iniuſte Saul arme tout ſur ſes pas,
Et qui ne le fait point merite le treſpas,
Le Prêſtre Abimelec fit bien l'xperience,
Et de ſon iniuſtice, & de ſa violence,
Lors qu'ignorant encor le malheur de Dauid,
Mais non pas ſa vertu, ſon rang, & ſon credit,
Ne peut luy refuſer du pain à ſon paſſage,
Saul le ſçait bien toſt, mais ô Dieu quelle rage,
Il le mande ſur l'heure, & plein de cruauté
Le paye par ſa mort de ſa ciuilité:
Ce Pontife ſacré net & pur de tout crime
Deuient d'vn criminel la ſanglante victime,
Quatre vingts de ſa ſuite aux Autels conſacrez
Pour le meſme ſuiet ſont encor maſſacrez,
Et n'eſtant point content de cette boucherie,
La ville du Pontife éprouue ſa furie,
Elle la met en cendre auec ſon noir flambeau,
Et la triſte Nobe n'eſt plus qu'vn grand tombeau.
Mais tandis que ce Roy trouue quelque allegence
A ſe nuire luy meſme auec cette vengence,
Tandis que de ſa gloire il a ſi peu de ſoin,
Que d'affoiblir ſa force en ſon plus grand beſoin,
Et que cet inſenſé bruſle vne ville entiere,
Dauid laiſſant agir ſa vertu coûtumiere,
Et ſentant ſa valeur demander de l'employ
En va ſauuer vn autre à cet indigne Roy,
Il r'amaſſe aiſement ſes troupes deſolées,
Que leurs crimes tenoient aux deſerts exilées
Deuant Ceilla les mene, & du ſoir au matin
Il en fait déloger le ſiege Philiſtin,
Et puis pour faire voir à cette ame ſi noire,
Que ſans autre intereſt que celuy de ſa gloire,

Il peut executer de si hardis proiets,
Il le laisse en repos gouuerner ses suiets,
Et ne profite point du petit auantage
Que lui pouuoit alors procurer son courage,
Car bien que tout Ceilla n'eut pas pris son parti
Tout le Peuple à le suiure eut bien-tost consenti,
Par son éloignement il preuient son envie,
Et sçachant que Saül n'en vouloit qu'à sa vie
Il la va confier à des deserts affreux,
Et dans la triste nuit des antres tenebreux.
Ce noble & digne obiet des amours de Solime,
Cette rare valeur, cette vertu sublime,
Ce Prince sans pareil, ce Chef-d'œuure des Cieux,
Sent le mesme destin des hommes vicieux,
Il fuit, & craint comme eux, se cache en leurs tanieres,
Et craint que l'œil du iour n'y porte ses lumieres:
Mais pour bien qu'il se cache il ne peut empescher
Que son fidelle amy ne l'y vienne chercher,
L'aymable Ionatas brûlant d'impatience
De iouïr des douceurs de sa chere presence,
Bannissant de son cœur tout sentiment craintif
Vient trouuer en ces lieux ce noble fugitif:
Qui pourroit exprimer les plaisirs qu'ils sentirent,
Qui pourroit raconter les beaux mots qu'ils se dirent,
Ou plustot quel pinceau par ses viues couleurs
Pourroit dépeindre au vif leur ioye & leurs douleurs,
Ces ames par le Ciel si fortement vnies
Goûterent à l'instant des douceurs infinies,
Et perdant le souci de leurs trauaux passez
Dans les bras l'vn de l'autre ils se tenoient pressez:
Mais bien-tost au plaisir vint succeder la peine,
L'image de Saül auec toute sa haine
De ces heureux momens vint arrester le cours,
Et changer leurs transports en de tristes discours,
Ionatas le premier le cœur saisi de crainte
Se dégageant vn peu de cette douce estrainte,
Et portant ses regards aux obiets d'à l'entour,
Beni soit, ce dit-il, ce bien-heureux seiour,

Où ie t'ay rencontré mon frere, mais de grace,
Fuis encor de ces lieux où la mort te menace,
Ta vie en ce desert n'est point en seureté,
Et Saül pourroit bien donner de ce costé,
Dérobe à sa fureur ta precieuse teste,
Depuis quatre Soleils il est apres sa queste,
Et iure que iamais il ne s'arrestera
Iusqu'à tant que ses yeux le Ciel te monstrera.
Mais le Ciel qui se rit de son iniuste rage
Sauuera de ses mains son plus parfait ouurage,
Trauaille auecque lui pour tromper ses desseins,
Esuite qu'en ton sang il ne souille ses mains,
Ta fuite empeschera cette horrible auanture,
Et rendra moins cuisant le tourment que i'endure,
C'est trop que ton absence estonne ma raison
Sans voir ioindre à ta mort le crime en ma maison.
Prince, lui dit Dauid, pour qui seul ie veus viure,
Vos desirs sont mes loix, ie suis prest à les suiure,
Mais dans le triste estat où m'a reduit le sort,
Si i'estois tout à moy loin de craindre la mort
Ie l'attendrois icy des mains de vostre Pere
Afin de terminer ma peine & sa colere
Mais mes iours vous sont chers, vous sentez mes malheurs,
Et pour mon sang versé vous verseriez de pleurs,
Cher Prince ce motif me fait aymer ma vie,
Bien que de mille maux elle soit poursuiuie,
Car void on vn mortel si malheureux que moy,
I'attire innocemment la haine de mon Roy,
Cette haine lui fait commettre mille crimes,
Les Prestres du Seigneur deuiennent ses victimes,
Et pour m'auoir receu d'vn fauorable accueil
Le pauure Abimélec descend dans le cercueil,
Il fait perir Nobé par le fer & la flame,
Il veut m'oster la vie, il me rauit ma femme,
Et pour comble de maux, & le plus grand de tous
C'est qu'il m'oblige enfin à m'éloigner de vous,
C'est de tous mes malheurs celuy qui plus m'offence,
Mon cœur souffriroit tout plustot que vostre absence,

Et pour y confentir il fe fait tant d'effort
Que ie le dis encor i'aymerois mieux la mort.
Ceffe, dit Ionatas, mon frere de te plaindre,
Reduis pluftot Saül en eftat de te craindre,
Va ioindre ta valeur auec nos ennemis,
Puis que de fe deffendre il eft toufiours permis,
Mais s'il venoit encor à condamner fa faute,
Ie fçay que ta belle ame eft fi noble & fi haute,
Que s'il pouuoit enfin te demander la paix,
Tu ferois fon amy fi tu le fus iamais,
Auffi bien fi tu dois regner apres mon Pere,
Si fon Thrône t'attend ainfi que ie l'efpere,
N'y vueille point monter par de degrez de fang,
Mais attends que le Ciel faffe venir ton rang,
Et ne crois point qu'alors ie te fois vn obftacle,
Ie verray ta grandeur comme vn diuin miracle,
Et fans croire d'auoir de fentiment abiet
Ie priferay le rang de ton premier fuiet.
O Prince, dit Dauid, ô vertu que i'adore,
Montrez-vous vn peu moins fi vous m'aymez encore,
Vous redoublez ma peine auecque vos bontez
En me montrant les biens qui me vont eftre oftez,
Ie les prefererois au thrône que vous dites
Dont la poffeffion furpaffe mes merites ;
Mais fi les loix du Ciel l'ont deftiné pour moy
Ie n'auray feulement que le titre de Roy,
Ionatas regnera comme il regne en mon ame,
Puiffe encor de Saül la noble & belle trame,
Nous priuer vn long-temps de ce pefant honneur,
Ie ne puis defirer que mon premier bon-heur,
De fi tendres difcours triftement s'acheuerent,
Ces Princes bien vnis enfin fe feparerent,
Mais auec tant de pleurs, auec tant de regrets,
Qu'ils fembloient prefager que c'eftoit pour iamais.
Ionatas en partant touché d'vn trait fi rude
Laiffe toute fon ame en cette folitude,
Et celle de Dauid fuivant l'obiet aymé
Semble laiffer fon corps fans en eftre animé.

Mais tandis qu'il s'occupe à pleurer cette absence
Et qu'il dit sa douleur par vn profond silence,
Qu'il suit des yeux l'obiet dont ses sens sont charmez,
On le vient aduertir qu'vn gros d'hommes armez
S'approchoient de ces monts d'vne course soudaine,
Lors comme si Dauid eut veu finir sa peine,
Croyant que c'est Saül cesse de s'affliger
Voyant que Ionatas s'éloignoit du danger,
Va, dit-il, cher amy, ie ne dois plus me plaindre
Puis que pour tes beaux iours mon cœur n'a rien à craindre,
Ce qui faisoit mon mal n'a guere fait mon bien,
Et Ionatas sauué Dauid ne craint plus rien;
Puis se tournant vers ceux dont la triste fortune
Estoit auec la sienne en ce desert commune,
Chers amis, leur dit-il, qui partagez mes maux,
Fidelles compagnons de mes tristes travaux,
Le Ciel ne me veut point accorder l'auantage
De m'acquitter vn iour enuers vostre courage,
Saul qui me poursuit, & me surprend icy
M'oste auecque la vie vn si iuste soucy,
C'est lui Soldats, c'est lui, nostre perte est certaine,
A fuïr deuant lui nous perdrions nostre peine,
Nul azile ne s'offre en ce dernier moment,
Et nous ne pouuons rien que mourir noblement,
Toutesfois, reprit-il, l'esprit qui me gouuerne
Découure à mon esprit cette large cauerne,
Qui dans l'éloignement du celeste Flambeau
Sert à nos pauures corps de lict ou de tombeau,
Entrons y mes amis, cachons-nous y sans honte,
La valeur peut plier quand le nombre l'affronte
Que si nos ennemis nous y viennent chercher,
Nostre défaite alors leur coustera bien cher,
Son sentiment suiui tous entrent dans la roche,
Lors que le fier Saül en est déia bien proche,
Trois mille hommes armez secondent son courroux,
Quoy qu'vn homme tout seul soit le but de ses coups.
Mais alors que Dauid se prepare à sa perte,
Qu'il ne void point de porte à son salut ouuerte,

Par celle du rocher il void entrer Saul,
A pas precipitez sans armes, & tout seul,
A peine a-t'il le pied dans cette grote obscure
Qu'il y boit à longs traits vne onde claire & pure,
Et ceux qui le voyoient sans qu'ils en fussent vœux,
Tenant en ce moment leurs grands Coutelas neuds,
Alloient fondre sur luy, mais leur Chef magnanime,
Leur disant sans parler que c'estoit sa victime,
Se glisse prés de luy presque sans respirer,
O merveille inouïe, & qu'on doit admirer,
Ce Pere des vertus, cét Enfant de la gloire,
Bannissant de son cœur comme de sa memoire
Tous les emportemens de cét esprit leger,
Croit qu'il est trop vengé, lors qu'il se peut venger.
Mais il luy veut oster, en luy donnant la vie,
Tous ses noirs sentimens & de haine & d'envie,
Et pour luy faire voir qu'il n'a tenu qu'à luy
De tuer son tyran, & finir son ennuy,
Il luy coupe le bord de son habit de guerre,
Puis sortant apres luy s'abaisse iusqu'à terre,
Comme pour luy parler auec plus de respect,
Voy, luy dit-il Saül, si ie te suis suspect,
Tourne, tourne les yeux, ô mon Maistre & mon Pere,
Et voy qu'il est l'obiet de ton aspre colere,
Voy que ton Sort n'a guere estoit entre mes mains,
Et iuge si pour toy i'ay de mauuais desseins,
Ie pouuois te tuer comme couper ta veste
Mais Dauid auroit-il vn penser si funeste,
Ha! que la terre s'ouure afin de m'engloutir
Plustot qu'à ce penser ie puisse consentir,
Quand ie n'aymerois point Saül comme mon Pere,
Il est l'oinct du Seigneur, que mon ame reuere,
Et qui me donneroit vne sainte terreur,
Quand pour vn attentat il seroit sans horreur.
Connoy donc, ô Seigneur, connoy mon innocence,
Redonne-moy la paix auec ta bien-veillance,
Quelle gloire aurois-tu de perdre vn malheureux,
Indigne du courroux d'vn Prince genereux,

P

Saül tout esbahy d'vne telle merveille,
Ne sçait en ce moment ou s'il dort, ou s'il veille,
Mais estant reuenu de son estonnement
Il court droit à Dauid, l'embrasse tendrement,
Ta vertu, luy dit-il, est vne illustre marque
Que tu seras vn iour vn glorieux Monarque,
Vn Diademe seul est digne de son prix,
Et de moindres faueurs meritent ton mespris :
Là redoublant encor ses premieres caresses,
A mille embrassemens il ioint mille promesses.
Mais le sage Dauid regardant le passé
Croit que de s'y fier il seroit insensé,
Et content d'auoir pû iustifier sa gloire,
Auec plus de succez qu'il n'eut osé le croire,
Va chez les Philistins chercher vn protecteur
Contre les noirs desseins de son persecuteur,
Il le trouue en Achis, ce Prince debonnaire,
Qui voyant en Dauid tout ce qu'il faut pour plaire,
Nonobstant tous les maux par sa valeur commis
Il le traite à l'égal de ses plus chers amis,
Il le met dans la pompe & la magnificence,
Et témoigne pour luy tant de condescendance,
Que lors qu'il vient donner la bataille aux Hebreux
Il ne l'oblige point à combattre contre eux,
Iugeant bien que son cœur estoit trop magnanime
Pour souffrir seulement l'apparence du crime,
Et l'enuoyant ailleurs espreuuer sa valeur
Luy vint icy causer vne extreme douleur,
Car dans le premier choq de nos fiers aduersaires
Le braue Ionatas auec deux de ses freres,
Apres auoir produit mille vaillans efforts,
Fut accablé du nombre & cheût parmi les morts,
L'infortuné Saül perdit lors le courage
Se voyant sans espoir comme sans auantage,
Et pour se guarantir des mains des Philistins
Auecque son espée acheua ses destins.
Dauid aprit bien-tost cette triste nouvelle
Qui porta dans son ame vne atteinte mortelle,
Et la douleur iamais dans vn si ferme cœur

N'exerça son empire auec tant de rigueur,
A son affliction il s'abandonne en proye,
Il ne la cache point, il veut bien qu'on la voye,
A toute son Armée il fait prendre le deüil,
Et publie hautement les vertus de Saül,
Entretient ses Soldats de tous ses hauts faits d'armes,
Et mesle à ce recit vn deluge de larmes.
Mais lors qu'il vient en suite à pleindre son amy
Il ne peut expliquer sa plainte qu'à demy,
Ses sanglots redoublez luy coupent la parole,
Il semble à tout moment que son ame s'enuole,
Mais malgré ses sanglots, ses soûpirs, & ses pleurs,
Il fait ouïr ces mots témoins de ses douleurs.
Ionatas est donc mort, ô tragique auanture,
Ce Prince sans pareil n'est plus que pourriture,
Ses beaux iours sont passez comme passe vne fleur,
Comme vn souffle, vn éclair, vne ombre, vne vapeur,
O mont de Gelboé, horreur de ma memoire,
Theatre infortuné d'vne sanglante histoire,
Puisses-tu desormais déplaire à tous les yeux,
Et deuenir l'obiet des coleres des Cieux.
Incomparable amy qui me donnois la vie
Puis-ie m'imaginer que la tienne est rauie,
Que tes yeux sont cachez au fonds du monument,
Et souffrir que mon cœur respire vn seul moment,
Non, non, ie tiens à toy d'vne chaisne eternelle,
Mon esprit va sortir de sa prison mortelle,
Le tourment que luy cause vn triste souuenir
A moins que par ma mort ne peut iamais finir.
Par ces iustes regrets de tendresse & de flame
Ce Heros va montrant la douleur de son ame,
Et satisfait si fort à ce triste deuoir
Qu'il semble negliger vn legitime espoir,
Car pendant qu'il se plaint, qu'il pleure, & qu'il soûpire
Il apprend qu'Isbozeth s'empare de l'Empire,
Et comme de Saül c'estoit le dernier sang
Ce Prince genereux le laisse dans son rang,
Mais alors que cette ame & si grande & si belle
Pour le seul souuenir d'vne amitié fidelle

Laiſſe regner ce Roy ſans nul empeſchement,
L'ordonnance des Cieux en diſpoſe autrement,
Et la mort d'Isbozeth qu'vn aſſaſin lui donne,
Reſtituë à Dauid le Sceptre & la Couronne :
Ce fut lors que le Thrône eut toute ſa ſplendeur,
Et qu'on y vid monter la gloire & la grandeur,
Et toutes les vertus dont le Ciel fit largeſſe
A ce diuin Heros de ſa tendre ieuneſſe,
Par tout regna bien-toſt l'abondance & la paix,
Et les biens des Hebreux ſurpaſſoient leurs ſouhaits.
*   IVDITH de ſon recit eſtoit là paruenuë*
Lors qu'elle vid blanchir & colorer la Nuë,
Et l'Aurore déia d'vn viſage riant
Paroiſſoit toute rouge aux portes d'Orient,
Allons, dit-elle alors, le cœur plein d'allegreſſe,
Courons, volons au camp, puis que la choſe preſſe,
Noſtre pauure Cité nous dit inceſſamment
Que nous luy faiſons tort de perdre vn ſeul moment.

IVDITH.

NEVFVIESME ET DERNIERE PARTIE.

DEſia le Roy du iour ſur vn Char de lumiere
Venoit recommancer ſa courſe coûtumiere,
Et ſortant tout brillant du vaſte ſein des Eaux
Venoit charmer les yeux de mille obiets nouueaux,
Les hoſtes des foreſts dépliant leurs plumages
Saluoient ſon retour par leurs plus doux ramages,
Et toute la Nature imitant leur employ
Montroit ſon allegreſſe à l'aſpect de ſon Roy :
Mais ſi tout paroiſt beau, ſi tout ſe renouuelle,
L'admirable IVDITH paroiſt encor plus belle,
Et de toutes les fleurs dont la terre ſe peint
On n'en void point d'égale à celle de ſon teint,
Sa bouche eſt vn amas de perles & de roſes,

Et lors qu'aux beaux propos ses leures sont écloses
L'ambre delicieux qui sort de ces rubis
Sur les plus doux parfums emporteroit le prix,
Ses yeux sont noirs, brillans, doux, fiers, & pleins de flame
On y voit clairement la grandeur de son ame,
Les astres de la nuict ont bien moins de splendeur,
Et son front est le thrône où regne la pudeur,
Son air est fort galant, & grandement modeste
Sa taille auantageuse, & son port tout Celeste,
Et ce beau composé, ce doux charme des yeux
Semble estre descendu de la voute des Cieux.
Ainsi marche IVDITH vers le camp infidele,
Quand de sa chere Abra la peur se renouuelle,
Son cœur que la maistresse auoit presque affermi
Tremble encor en voyant le guet de l'ennemi :
Mais cette foible fille à l'espoir se redonne,
Voyant que les soldats respectent l'Amazonne,
Et IVDITH les voyant surpris à son aspect
Par de discours adroits augmente leur respect,
Elle y mesle d'abord la douce flaterie
Si vous estes, dit elle, au Prince d'Assyrie,
Comme vostre air courtois me le rend apparant,
Menez moy, ie vous prie, à ce grand conquerant,
Il vous sçaura bon gré d'auoir pris cette peine,
Vne affaire importante aupres de luy m'ameine,
Lors que vous la sçaurez vos propres interests
Vous donneront suiet d'en estre satisfaits ;
Car si vous prenez part à toutes ses conquestes,
Si de ses beaux lauriers vous couronnez vos testes,
Celuy que mes advis luy vont faire gagner,
Bien qu'il soit limité, n'est point à dédaigner.
Ces soldats allechez d'vne promesse feinte,
Répondant promptement au desir de la Sainte,
L'amenent à l'armée au poinct que le sommeil
Disputoit de se rendre aux rayons du Soleil,
Le paresseux Soldat assoupi de ses armes
Couché nonchalamment à costé de ses charmes
Tapissoit tout le camp, car la saison d'esté
Dans ses facheuses nuicts le tenoit deshuté :

Au milieu de ce camp , & sur vne eminence
Vn riche pauillon de Royale apparence
Sur trente piliers d'or superbement tendu
Estaloit le trauail au luxe confondu,
C'estoit le logement du General d'armée
Où la pompe elle mesme estoit lors enfermée,
Les meubles, les tableaux, les parfums, les habits,
Le feu des Diamans, & celuy des Rubis,
Tout y montroit l'orgueil de ce superbe Prince,
Et ce petit Palais valoit vne Prouince :
Les guides de IVDITH l'amenent dans ce lieu
Tandis que dans son cœur elle parle auec Dieu,
Et que se m'éfiant de sa propre prudence
Elle inuoque en secret sa Diuine assistance,
Demande à son esprit qu'il anime sa voix
Lors qu'il faudra parler à ce vainqueur des Roys.
Elle obtient à l'instant tout ce qu'elle desire,
Et sçait dans vn moment tout ce qu'elle doit dire,
Elle entre dans la tente auec ce doux espoir
Et telle que l'aurore au matin se fait voir
Lors qu'elle vient ouurir les richesses de flore,
Telle paroit IVDITH, & plus pompeuse encore,
Son teint des plus beaux lis efface la blancheur,
Et l'astre matinal n'a pas tant de fraischeur.
Holoferne surpris de cette belle veuë
Sent que de dureté son ame est dépourueuë,
Et loin d'auoir cet air superbe & menaçant
Plein de submission de son thrône il descent,
Rare & diuin obiet dont mon ame est charmée
Quel dessein, luy dit-il, vous mene en mon armée,
Venez vous demander quelque chose à mon bras,
Ou voulez vous qu'il mette icy les armes bas,
Tesmoignez hardiment le desir qui vous touche,
Ie veux tout accorder à vostre belle bouche,
Deut elle demander la grace des Hebreux,
Quelle que soit leur faute, elle peut tout pour eux.
Prince, luy dit IVDITH, le plus vaillant qui viue
Quand ie ne serois point auiourd'huy ta captiue,
Cette auguste bonté, cette rare douceur,

Par de nœuds eternels captiueroient mon cœur,
Helas! si les Hebreux connoissoient ta clemence
Qu'ils priseroient l'honneur d'estre sous ta puissance,
Que leur fatale erreur les rend infortunez,
Et qu'il est vray qu'ils sont du Ciel abandonnez :
I'ay sceu, i'ay sceu, Seigneur, du grand Dieu que i'adore,
Que tu dois triompher du couchant à l'aurore,
Et que pour les pechez de ce peuple peruers
Il veut te le liurer auec tout l'vniuers,
Trop heureux si cedant au bon heur de tes armes
En épargnant son sang il eut versé de larmes,
C'est ce que ie voulois que ma paunre Cité
Te vint offrir icy pour toucher ta bonté,
Ie voulois empescher sa fole resistance
Par le droit que m'y donne vne illustre naissance :
Mais ayant mesprisé mes fideles aduis
I'ay receu ceux du Ciel, & ie les ay suiuis,
Il me fait éloigner d'vne ville deserte
Qui resiste à son bien, qui s'obstine à sa perte,
Où la faim & la soif font l'office du fer,
Et causent plus de maux qu'on n'en souffre en enfer.
Quelle horreur iuste Ciel mon cœur s'en espouuante,
Elle s'est proposée vne boisson sanglante,
Et tous les animaux destinez pour l'autel
Victimes de la soif sentent le coup mortel,
En vain de tous costez on entend nos Prophetes
Tonner & foudroyer sur les coulpables testes,
Rien ne peut empescher cette brutalité,
Comme ils sont sans espoir, ils sont sans pieté :
Mais si le Ciel contr'eux auiourd'huy se declare
Pour tes rares vertus ses faueurs il prepare,
Et ie viens t'annoncer de la part du Tres-haut,
Que sans tirer l'épée, & sans donner d'assaut
Tu seras le vainqueur de toute la Iudée,
Et que ta noble main de la mienne guidée
Iusques dedans Solime ira donner la loy
D'autant plus aisement qu'elle n'a point de Roy :
Suspens donques icy ta valeur sans seconde,
Differe quelques iours la conqueste du monde,

Délasse vn peu ton bras sous tes sacrez lauriers,
Et donne vn peu de treue à tes soucis guerriers,
Attendant que le Ciel inspire à mon courage
Le temps qu'il a prescrit d'accomplir mon message,
Mon cœur incessamment l'en sollicitera
Et plus qu'à toy Seigneur ce temps me durera.
Holoferne enchanté parmy tant de merueilles,
S'estant pris par les yeux, se prend par les oreilles,
Charmé de ses apas comme de ses discours
Pour exprimer son cœur trouue les siens trop courts,
Il l'asseure pourtant auec des mots de flame
Que de tout l'vniuers elle sera la Dame,
Qu'elle aura de tresors plus qu'aucun des mortels,
Et que son Dieu sera le Dieu de ses Autels.
En suite il la conduit tout plein de deference
Dans les lieux affectez à sa magnificence,
Où sont tous ses tresors, & veut dés le moment
Que ce riche seiour soit son apartement,
Puis ordonne à ses gens que des mets de sa table,
Voire du plus exquis, & du plus delectable,
On en serue la belle, & pour sen entretien
Que l'on prodigue tout, & qu'on n'épargne rien.
Mais IVDITH s'opposant à cette offre derniere,
Donne Seigneur, dit-elle, à mon humble priere,
Que ie puisse manger icy selon ma loy
Des viures que ie fais apporter apres moy,
Nous en auons pris peu, mais auant qu'ils finissent,
I'espere que les Cieux mes desirs accomplissent:
Ie te requiers aussi qu'à l'ombre de la nuit
Ie puisse aller prier loin du monde & du bruit,
Car le Dieu dont mon cœur adore la puissance
Veut que nous luy parlions dans vn profond silence,
Et i'iray tous les soirs luy presenter mes vœux
A deux cens pas du camp, Seigneur, si tu le veux:
Si ie le veux Helas, dit ce Prince sensible,
Si ie ne le voulois il seroit impossible,
MADAME, disposez de mon authorité,
Vous estes en ces lieux en pleine liberté,
Ou plustost en ces lieux vous estes la maistresse

Respondez

Respondez hardiment au zele qui vous presse,
Ie vous laisse à voùs mesme, & vous donne ma foy
Que vous auez icy mesme pouuoir que moy.
A ces mots il la quitte, & d'vne ame contente
Ce credule Payen repasse dans sa tente,
Où de cette aduanture il discourut tousiours,
Iusqu'à ce que le iour eut terminé son cours;
Car bien qu'il porte au cœur vne secrette flame
Les obiets differens qui partagent son ame
L'empeschent d'arrester fixement son penser
Sur le Diuin obiect qui n'a fait qu'y passer:
Mais lors que de la nuict le paisible silence
Redonne à son esprit cette aimable presence,
Qu'il reuoit l'Heroïne auec tout son éclat,
Qu'il se la represente en ce pompeux estat,
Alors il connoit bien que cette belle idée
Le met plus en souci que toute la Iudée,
Il la chasse vn moment, & croit d'estre en repos,
Mais ce phantosme aimé reuient à tout propos,
Ces yeux, ce teint, ce port, cette bouche diserte,
Malgré tous ses efforts conspirent à sa perte,
Sa raison ne peut rien sur ses sens reuoltez
Qui sont d'intelligence auec tant de beautez,
Il se couche pourtant esperant que Morphée
Rendra par sa douceur la reuolte estouffée,
Mais ce doux enchanteur des maux les plus puissans
Qui rend nostre ame libre en captiuant nos sens
S'éloigne d'autant plus de ce Prince infidelle
Que plus il le desire & que plus il l'appelle,
Les differens pensers qui le viennent saisir
D'honneur, d'amour, d'espoir, de crainte & de plaisir,
Assaillent son esprit auecque tant d'outrance,
Que quand l'vn peut finir vn autre recommence,
Et puis les voyant tous reuenir à la fois,
Il veut les démesler, & ne peut faire vn choix,
Comme en vn labyrinthe vn voyageur peu sage
Plein de curiosité s'embarrasse & s'engage,
Et puis pour en sortir, va, vient, tourne par tout
Sans qu'il puisse trouuer d'issuë ny de bout;

Q

Tout de mesme Holoferne au milieu de sa peine
Cherche à s'en dégager & sa recherche est vaine,
Il y fait ses efforts, mais ils sont superflus,
Il se cherche luy mesme, & ne se trouue plus.
Cependant que IVDITH à l'aspect des estoiles
Lors qu'vne claire nuict estend ses sombres voiles
Sort de la riche tente & sans empechement
Dans vn petit valon se rend secrettement,
Là tournant ses regards sur la ville assiegée
Que c'est auec raison qu'on te void affligée
Pauure Cité, dit-elle, & que nos ennemis
Ont vn superbe espoir qui leur est bien permis,
Qu'ils sont forts & puissans, que leur pompe est auguste,
Que i'ay veu de thresors, & que ta crainte est iuste,
Qu'il faut bien que le Ciel entre dans ton parti
Puis qu'on void Israël iusqu'icy guarenti :
Ouy, ma chere Cité, releue ton courage,
Tu iouïras du calme apres ce grand orage,
Ton Dieu va dissiper le nuage épaissi,
Et tu vas estre libre à quatre iours d'ici ;
Puis regardant le Ciel, & poursuiuant encore,
C'est l'espoir de mon cœur, ô grand Dieu que i'adore,
Dit-elle, & de ta voix l'infaillible decret
De mon prochain bonheur m'entretient en secret,
Si ie suis dans ce camp auec toute asseurance,
Si ie puis d'vn tiran mépriser la puissance,
Si iusques dans sa tente on me void sans effroy,
C'est que ie sçay Seigneur que tu veilles sur moy,
Que mon honneur t'est cher, & que pour le defendre
D'vn seul de tes regards tu peux tout mettre en cendre,
Que ton bras est armé contre nos ennemis,
Ainsi que de ta part vn Ange m'a promis ;
Haste toy donc, Seigneur, de les reduire en poudre
Lance sur leurs lauriers ta redoutable foudre,
Fais naistre ce moment digne de ton amour
Auquel ie dois priuer Holoferne du iour,
Auquel ta forte main affermissant la mienne
Abatra d'vn seul coup la force Assyrienne.
Alors ton pauure peuple affranchi de ses maux

Viendra noyer sa peine au sein de ses ruisseaux,
Alors ta Bethulie auec mainte victime
Ira payer ses vœux dans la sainte Solime,
Alors reuerdiront nos aimables sillons
Où nous voyons camper ces fameux bataillons :
De cet heureux moment mon cœur sent les aproches,
Mon esprit voit desia descendre de ces roches
Ces pauures alterez que tu vas rafraichir,
Ou plustost ces captifs que tu vas affranchir.
    Ainsi passoit la nuict de façon differente
IVDITH dans le valon, Holoferne en sa tente,
L'vne pleine d'espoir, de courage, & de foy,
L'autre dans vn tourment seul comparable à soy,
Ses violens desirs le mettent à la gehenne,
Nul mal à son aduis n'est égal à sa peine,
L'absence de IVDITH dure trop longuement
Et châque heure est vn siecle à ce nouuel amant,
Les premiers feux du iour dispensoient la lumiere
Sans que le somme encor eut sillé sa paupiere,
Et voyant les rayons de l'astre bien aimé
Ce Prince sort du lict encor plus enflammé,
C'est trop, c'est trop dit-il, témoigner de paresse,
Allons enfin reuoir nostre adorable hostesse,
Redonnons à nos yeux cet vnique plaisir,
Et rendons à mon cœur l'obiet de son desir,
O nuict, cruelle nuict, que ta longue durée
A fait souffrir des maux à mon ame égarée,
Que ie me promets d'heur auecque ce beau iour,
Et que ie crains encor ton triste & noir retour :
Discourant de la sorte Holoferne s'habille,
Et parmi les habits où sa vanité brille
Il choisit le plus riche & pour plaire aux beaux yeux
Il voudroit s'y montrer sous la forme des Dieux,
Il parfume sa teste & laue son visage,
Adoucit ses regards ainsi que son langage,
Compose sa demarche, & croyant de charmer
Ce pauure papillon cherche à se consommer.
Il vole vers la tente où son malheur le guide,
Et tout plein de respect pour sa belle homicide,

Q 2

Ne veut point se donner le plaisir de la voir
Qu'il n'en ait de sa part obtenu le pouuoir :
Mais que la reuoyant il vid de belles choses,
Qu il vid de nouueaux lys & de nouuelles roses,
Que son cœur eut alors de desirs superflus,
Et que voulant parler il se trouua confus,
Seigneur, luy dit IVDITH, ta bonté souueraine
De venir iusqu'à moy te donne donc la peine,
Et me couurant de gloire & de confusion
Tu preuiens mon deuoir, non mon intention,
Mais i'attendois icy qu'vn ordre fauorable
Me permit vn honneur qui seul est desirable,
Et qu'vn commandement conforme à mon desir
Ioignit l'heur de te voir à l'heur de t'obeïr :
Cependant les beautez d'vne tapisserie
Entretenoient icy ma douce réuerie,
Et mon œil attentif autant que curieux
Regardoit vn obiet, beau, mais Imperieux,
Lequel du haut du throsne auec vn front seuere
Semble faire immoler vn homme à sa colere.
Mais si mon œil estoit surpris de sa beauté
Mon cœur ne l'est pas moins de cette cruauté,
Là, montrant de la main ce que sa bouche exprime,
Et tesmoignant que c'est pour elle vn grand enigme,
Le Prince cognoissant son inclination
Luy donne par ces mots cette explication,
Ce n'est pas sans suiet, ô Diuine personne,
Que cet acte sanglant vostre bon cœur estonne,
Quand vous l'aurez appris encor plus clairement
Ie verray redoubler ce iuste estonnement,
Cette fiere beauté qu'icy l'on voit au thrône
Fut vne belliqueuse & superbe Amazonne,
Mais si son bras faisoit des exploits glorieux
Tous les cœurs s'enflammoient du beau feu de ses yeux,
Car bien que sa beauté paroisse en cet ouurage
Ce n'en est toutesfois qu'vne grossiere image,
Aussi le plus grand Roy qu'eut alors l'Vniuers
Sous qui s'humilioient tant de peuples diuers,
Ninus qui domptoit tout au seul bruit de ses armes,

Se vid enfin dompter par l'éclat de ses charmes,
Celui qui défioit mille fiers ennemis,
Ne se deffendit point contre Semiramis,
Et ce Prince amoureux benißant sa défaite
Bien que cette beauté fut née sa suiette,
Comparant vn Empire auecque ses appas
Creût que pour eux son Thrône estoit encor trop bas :
Mais elle y monte enfin auec cét auantage
Que l'on n'y vid iamais vne Reyne plus sage,
La valeur, le conseil, la magnanimité,
La pudeur, la sagesse, auec la pieté,
Et mille autres vertus y montent auec elle,
Qui l'auroient de nos iours fait vn parfait modelle,
Si son perfide cœur par vn lâche attentat
N'eut point changé des siens le glorieux estat,
Iamais vn doux hymen ne fit voir tant de flame,
Ces deux ames sembloient n'estre qu'vne seule ame,
Comme elles partagoient & les biens & les maux
Semiramis suiuoit Ninus dans les travaux,
Compagne de sa peine, ainsi que de sa gloire,
Souuent à sa valeur il deuoit la victoire,
Et souuent on la vid affronter cent trespas
Pour dégager sa vie, ou pour suiure ses pas.
Mais comme sous les Cieux tout est suiet au change
Vn illicite amour aufsi nouueau qu'estrange
Triompha de sa gloire, & de sa liberté,
Soudain qu'elle gousta la molle oifiueté,
Ninus estoit en paix, ses Estats estoient calmes,
Il estoit couronné de lauriers & de palmes,
Quand voulant pratiquer châque chose à son tour
Apres Mars il voulut se donner à l'amour,
Et pour plaire à l'obiet qui faisoit ses delices
Il ordonna des ieux, des courses, & des lices,
Si bien que Babilonne en moins de vingt Soleils
Faisant pour ce suiet de pompeux appareils
Vid entrer dans son sein toute la brauerie
Que l'on voyoit alors dans toute l'Assyrie :
Tous les ieunes Seigneurs qui de la gloire épris
Vouloient à leur addresse acquerir vn beau pris,

Q 3

Entre tous y parut le Prince Miliſtrate,
Prince le plus parfait qu'eut iamais veu l'Euphrate,
Comme l'on void paroiſtre en vne claire nuiɛt
Parmi les feux du Ciel l'Aſtre qui plus nous luit,
Semiramis le void, Semiramis l'adore,
Vne ſoudaine ardeur la bruſle & la deuore,
Cette haute vertu ſuccombe en vn moment,
Sans qu'on faſſe pour elle vn effort ſeulement.
Au contraire cedant à l'amour qui la dompte
Cette pauure Princeſſe oubliant toute honte,
Faiſant dire à ſes yeux le trouble de ſon cœur,
Declare ſa défaite à ſon puiſſant vainqueur:
Mais ils ont beau parler, & beau mettre en vſage
Les plus ſçauans attraits de l'amoureux langage,
Miliſtrate a horreur de ſes doux entretiens,
Et deuant ſes regards il détourne les ſiens,
Elle apperçoit bien-toſt vn mépris ſi viſible,
Mais comme à ſon honneur elle n'eſt plus ſenſible,
Loin de guerir ſon cœur par vn iuſte dépit,
Elle ſonge ſans ceſſe en ſon perfide eſprit
Les moyens d'arriuer au bien qu'elle deſire,
Et croit que ſi ſon cœur s'offre auec vn Empire,
Miliſtrate touché du deſir de regner
Croira qu'vn tel preſent n'eſt point à dédaigner.
La vie d'vn eſpoux pour elle eſt peu de choſe,
Et ſuivant le conſeil que l'amour lui propoſe
Cette ingrate conſpire auec ce fol amour
Pour s'oſter cét obſtacle, & le priuer du iour:
Dieux, quelle cruauté, quel amour, quelle haine,
O trop indigne Femme, ô trop indigne Reyne,
Te faloit-il ſoüiller tant d'exploits glorieux
Par vn crime abhorré des Hommes & des Dieux.
Ouy, cette artificieuſe & deteſtable Femme
Sceut ourdir en ſecret vne ſi noire trame,
Qu'vn Peuple audacieux, ſecondant ſon deſſein,
Se iette ſur Ninus, & luy perſe le ſein;
Car pour la trop aymer ce Prince miſerable
De ſon propre malheur s'eſtoit rendu coupable,
Ce Roy n'eſtoit plus Roy que du nom ſeulement,

Et l'ingrate regnoit par tout absolument,
Aussi lors qu'elle veut executer son crime,
Qu'elle veut immoler cette illustre victime,
Elle n'a qu'à montrer que c'est sa volonté,
Comme vous le voyez icy representé.
Voyez comme chacun humblement la regarde,
Et que mesme ce Roy qu'à ses pieds on poignarde
Semble luy demander d'vn visage soûmis
Au milieu de ses maux quel crime il a commis.

   Cependant qu'Holoferne acheuoit cét histoire
Si tragique à l'ouïr, si difficille à croire,
La pieuse IVDITH pleine d'émotion
Sur ces tristes obiets faisoit reflexion,
Le cœur luy bondissoit d'horreur & de tendresse,
Ha! dit-elle, tout bas, Femme ingrate & traistesse,
Monstre de cruauté, que tu connoissois peu
Le prix d'vn beau lien, & l'heur d'vn chaste feu.

   Le Prince ayant tourné les yeux sur cette belle
Void les siens tous en pleurs, & son sein qui pantelle,
Madame, luy dit-il, que Ninus est heureux
D'émouuoir à pitié vostre cœur genereux,
Le plus grand des mortels luy doit porter envie,
La gloire de sa mort vaut la plus belle vie,
Et l'esprit de ce Roy doit benir ses malheurs
S'il void de si beaux yeux verser sur eux de pleurs:
Mais, Madame, éloignons vn obiet si tragique
Il vous inspireroit l'humeur melancholique,
Des charmes du matin allons iouïr dehors,
Et ne negligeons point les viuans pour les morts.

   IVDITH qui de douleur auoit l'ame pressée
Au triste souuenir de sa ioye passée,
Et qui dans le recit de la mort d'vn espoux
Auoit iusques au cœur senti ces cruels coups,
Dissimule pourtant ces funestes alarmes,
Rasserene son front en essuyant ses larmes,
Et pour plaire au Payen qu'elle feint d'obliger,
Du moins apparamment cesse de s'affliger.
Elle sort de la Tante, & le Prince auec elle,
Et quoy qu'il desirat d'entretenir la belle

Du feu que ſes beautez allument dans ſon ſein
Il quitte, en la voyant, vn ſi hardy deſſein ;
Il void ſon front armé d'vn air chaſte & farouche,
Qui luy glace le cœur & luy ferme la bouche,
Et quel que ſoit l'eſpoir qui l'a déia flatté
Il le void abatu par ſa noble fierté :
Car bien que l'Heroïne ait deſſein de luy plaire,
Elle ne quitte point ce viſage ſeuere,
Ce front auguſte & ſaint, ce pudique maintien,
Qui reprime l'ardeur du Prince Aſſyrien,
Auſſi pour cette fois il la cache en ſon ame,
Ou l'a dit ſeulement auec des yeux de flame,
Et par de longs regards exprimant ſa langueur
Semble ſe plaindre encor d'vne iuſte rigueur.
IVDITH obſerue tout iuſqu'à la moindre œillade,
Et finiſſant ainſi leur courte promenade
Pour éuiter l'ardeur que lance l'œil du iour
Ce guerrier quitte encor l'obiet de ſon amour,
Il va s'enfermer ſeul, & là ſe rendant compte
De ſa timidité, qu'il appelle ſa honte,
Ha ! lâche, ce dit-il, ce cœur, ce lâche cœur
Se rend bien foiblement à ce foible vainqueur,
Toy qui fus ſi ſuperbe, ô cœur digne de blâme,
Tu trembles, & tu crains à l'aſpect d'vne femme,
Et d'vne femme encor qu'on void à mon pouuoir,
Ton indigne baſſeſſe eſt dure à conceuoir,
Elle eſt belle, il eſt vray, trop ſçauante memoire,
Et ie l'ayme ardamment, mais n'eſt-ce point ſa gloire,
Peut-elle deſirer vn plus haut rang d'honneur,
Et puis-ie bien douter de mon prochain bon-heur.
Non, non, declarons-luy que nous brûlons pour elle,
Et quand elle ſeroit auſſi fiere que belle
Nous la verrons bruſler, nous la verrons languir,
Rendre flame pour flame, & deſir pour deſir :
Ce ridicule Amant ſe flattant de la ſorte
Suiuant le mouuement du feu qui le tranſporte,
Fait venir vn Eunuque, & lui parle en ces mots,
Toy qui gardas toûiours mes plus ſecrets depots,
Fidelle confidant de tout ce que ie penſe,

Toy

Toy de qui ie connois le zele & la prudence,
Toy par qui ie pretends de soulager mon mal,
Va trouuer cét obiet à mon repos fatal,
Va trouuer de ma part cette belle estrangere
Qui ne fait point à l'ame vne playe legere,
Dis-luy que de ses yeux les charmes tous puissans
Sont les cruels autheurs des peines que ie sens,
Que ma bouche sans cesse est ouuerte à la plainte,
Et que mon cœur blessé d'vne profonde atteinte
Ne sçauroit receuoir aucun soulagement
Si le sien n'a pour moy quelque doux sentiment,
Dis-luy que mon amour qui n'a point de seconde
La peut faire regner sur la Terre & sur l'Onde,
Et que demain au soir apres vn grand festin
Elle peut s'acquerir ce glorieux destin.
   Bagos executant les ordres de son Maistre,
Ou plustot ceux du Ciel IVDITH les sçait connoistre,
Et sentant dans le cœur son inspiration
Fait semblant d'accepter la proposition,
Holoferne charmé de cette douce attente
Tout le reste du iour il le passe en sa Tante,
Ne voulant point reuoir l'obiet de ses desirs
Qu'au temps qu'il s'est prescrit à prendre ses plaisirs :
Mais pendant qu'vne nuict luy paroist eternelle,
Dans le sacré Valon la guerriere immortelle
Redoublant sa ferueur & ses ardans transports
Fortifie par eux & son cœur & son corps,
Le temps semble trop long à l'ardeur qui la presse ;
Et coniurant le Ciel d'accomplir sa promesse,
Quand l'Aurore qui vient reblanchir l'Orison,
Commançant son plaisir finit son Oraison.
Enfin Muse voicy cette grande iournée
Où la grande IVDITH doit estre couronnée,
Toy qui m'as inspiré pour elle mes ferueurs
Redouble en cét endroit tes diuines faueurs,
Apprends à mon esprit auec quelle asseurance
Elle accomplit des Cieux la diuine Ordonnance,
Et que ta riche main y verse abondamment
Les immortelles fleurs de son couronnement.

R

Dés qu'elle vid sortir du moite sein de l'Onde
Le bel Astre qui fait l'allegresse du Monde,
Haste-toy, luy dit-elle, à terminer ce iour,
Et fais bien-tost regner ta riuale à son tour,
Autresfois d'vn Heros la puissante priere
Te faisant arrester & tourner en arriere,
T'obligea d'éclairer vn combat glorieux
Iusqu'à tant que son bras y fut victorieux.
Fais donc qu'icy ma voix obtienne quelque chose,
Ce seront deux effets produits de mesme cause,
En t'arrestant alors tu seruis à ton Dieu,
Te hastant tu fairas mesme chose en ce lieu :
Mais si de voir la nuict IVDITH s'impatiente,
L'amoureux General brusle dans cette attente,
Aussi deuant qu'on vid le celeste Flambeau
Acheuer sa carriere, & retomber dans l'Eau
L'on vid ce Prince à table auec sa belle hostesse,
L'vne pleine de zele, & l'autre d'allegresse,
L'vne écoutant son Dieu qui luy parloit au cœur,
L'autre adorant les yeux dont il se croit vainqueur,
L'espoir de l'vne est grand, l'erreur de l'autre extreme,
L'vne attend tout du Ciel, l'autre tout de luy-mesme,
L'vne fait abstinance au milieu d'vn festin,
L'autre noye à son gré son ame dans le vin,
IVDITH pour l'inciter à boire d'avantage
Peind la ioye & le ris dessus son beau visage,
Et ce foible Payen qui croit legerement
Pensant de l'obliger reboit incessamment.
Mais insensiblement sa raison l'abandonne,
A peine connoit-il la fidelle Amazonne,
Ce glorieux Portrait si viuement tracé
N'est plus dans son esprit qu'vn phantosme effacé,
Ses yeux sont tous en feu, son allure est farouche,
Il cherche à pas tortus sa malheureuse couche,
Lors que son confidant l'y conduit promptement,
Et laisse IVDITH seule auec ce bel Amant :
Puis s'en va de ce pas dans le vin & la viande
Se reduire en l'estat que la Veûve demande,
Cependant elle croit que les ordres de Dieu

Doiuent s'executer par sa main dans ce lieu,
Et sans examiner le peril de sa fuite
Elle abandonne au Ciel le soin de sa conduite,
Et le pressant encor auec d'ardens soûpirs
D'accomplir sa promesse ainsi que ses desirs,
Elle void sur le lict la redoutable espée
Qui dans le sang Hebreu deuoit estre trempée,
Ie voy, ie voy, dit-elle, arbitre des humains
Ce que tu me promis de mettre entre mes mains,
Puis obseruant de prés ce conquerant du monde,
Et le voyant dormir d'vne yuresse profonde
Elle saisit ce fer, & le mettant à neu
Se sent grossir le cœur d'vn transport inconneu,
Dieu d'Israël, dit-elle, acheue ton ouvrage
Là, d'vn robuste bras, & d'vn masle courage
Elle enleve la teste à ce Prince peruers,
La terreur des Hebreux, & de tout l'Vniuers,
Abra qui pour l'ayder se tenoit toute preste
Enferme dans vn sac cette effroyable teste,
Et comme dans le vin tout dort profondement
Elles n'ont point d'obstacle en leur éloignement.

    Comme on void le Berger loin de sa bergerie
Lors qu'il peut sur le loup exercer sa furie,
Il arrache ses dens, il déchire sa peau,
Et puis tout glorieux retourne à son troupeau,
Ainsi marchoit alors la vaillante guerriere,
De sa haute victoire elle est saintement fiere,
Et r'approchant des Murs qu'elle vient d'affermir
Son éclatante voix les fait haut retentir,
Sortez, sortez, dit-elle, & quittez ces murailles
Nous auons triomphé par le Dieu des Batailles,
A ces mots redoublez Ozias qui l'entend
Qui depuis son départ à toute heure l'attend
Fait promptement ouurir & l'vne & l'autre porte,
Mande dans la Cité que tout le Peuple sorte,
L'vn à l'autre déia la nouuelle se dit,
Et l'on n'entend par tout que le nom de IVDITH.
Chacun pour la mieux voir, quoy que la nuit soit claire,
Porte vn feu dans sa main qui la campagne éclaire,

Mille & mille flambeaux qui font vn petit iour
Seruent de feu de ioye à cét heureux retour ;
Tous de l'ouïr parler font dans l'impatience,
IVDITH le connoiſſant leur demande audience,
Et dans l'humilité qu'elle garda toûiours
Elle hauſſe ſa voix , & leur tient ce diſcours.
Peuple cheri du Ciel ne verſe plus de larmes,
Fais ſucceder la ioye à tes triſtes alarmes,
Le Maiſtre que tu ſers , le Dieu de nos Ayeuls,
Le Dieu qui m'inſpira de ſortir de ces lieux ,
Qui commit ma pudeur ſous la main de ſon Ange,
A voulu cette nuiĉt par vn miracle eſtrange
Abatre l'ennemy de noſtre Nation
Et faire par mon bras cette execution.
Holoferne n'eſt plus qu'vn tronc priué de vie,
De détruire Iſraël il n'aura plus enuie,
Voilà , voilà ſa teſte , & celle que mon bras
Cependant qu'il dormoit a fait ſauter à bas.
En acheuant ces mots & découurant ſa proye
Le Peuple dans les airs pouſſe des cris de ioye,
A peine peut-il croire vn miracle ſi grand,
Cependant qu'Achior qui la nouuelle apprend
Vient ioindre cette troupe , & comme elle s'eſtonne
Lors qu'il void cette teſte aux mains de l'Amazonne :
Il la connoit ſoudain , & réleuant ſes yeux
Il regarde IVDITH , puis regarde les Cieux ,
Sainte Femme , dit-il , i'adore ta vaillance,
Ou pluſtot de ton Dieu i'adore la puiſſance,
C'eſt par lui que ton bras eſt auiourd'huy vainqueur ,
Et c'eſt luy deſormais qui regne dans mon cœur.
Lors le grand Ozias qui gardant le ſilence
Faiſoit à ſon deſir beaucoup de violence
Voyant que le ſaint Peuple acheuoit ſes efforts ,
Et donnoit quelque tréve à ſes iuſtes tranſports ,
S'approche de la Veûve , & déliant ſa langue
Il luy fait à ſon tour par ces mots ſa harangue,
Grand & puiſſant obiet de nos contentemens ,
Nos acclamations ſont nos remerciemens ,
Merveille d'Iſraël , & ſa plus grande gloire,

Prodige de valeur, ornement de l'histoire,
Vostre courage aura dans les siecles futurs
Comme au siecle present de grands admirateurs,
Vostre nom sera saint, auguste, & venerable
Par dessus tous les noms de la terre habitable,
Et parmy nos Neveux vn nom si glorieux
Sera veu dans le rang de nos plus Saints Ayeuls,
Châcun se souuiendra, Princesse sans exemple,
Que de Ierusalem vous sauuastes le Temple,
Et que pour guarentir vostre peuple des fers
L'on vous vid affronter mille perils diuers,
Mon Pere, dit IVDITH, reseruez vos loüanges
Pour le Dieu d'Israël, pour le Maistre des Anges,
C'est à luy que l'on doit ma victoire imputer
Pour ne pas estre ingrats, & pour la meriter:
Mais de la paix si tost ne goustons point les charmes,
Le camp Assyrien est encor sous les armes,
Allons donner sur eux, la victoire est à nous,
Et tous doiuent sentir le Celeste courroux,
Alors comme on la croit de Dieu mesme inspirée,
Tout s'arme, tout la suit, & d'vne ame asseurée,
Ceux qui pendant le siege estoient les moins hardis
Fondent plus fierement dessus leurs ennemis,
L'aurore paroissoit couronnée de roses,
Et peignoit l'Orient de mille belles choses,
Lors que l'Hebreu parut aux postes auancez
D'où les Assyriens furent bien tost chassez :
Cette nouuelle au camp estant promptement dite
On void dans la fureur le Payen exercite,
Tout s'arme pour combattre, & les chefs animez
S'en vont trouuer leur chef pour mieux estre informez:
Mais quelle fut alors de Bagos l'espouuante
Lors qu'il vid que son sang ruisseloit dans sa tente
Et que son corps tronqué par vn spectacle affreux
Luy disoit puissamment la gloire des Hebreux,
Il montre plein de rage vn obiet si funeste,
Il blâme le defunt, son amour il deteste,
Et comme il l'accusoit de sa facilité
On void sa teste pendre aux murs de la Cité.

R 3

Dans le mefme moment il deuient frenetique,
Tout le camp eft faifi d'vne terreur panique,
Et les faints ennemis ne perdant point de temps
Donnent fur des fuyards, non fur des combatans,
Si bien qu'on vid alors cette armée inuincible
Frapée fortement d'vne main inuifible
Décamper en deroute, en vn petit matin,
En laiffant aux Hebreux vn glorieux butin.
On en donne le choix à l'Illuftre Amazonne,
Mais ce que fa main prend d'abord fa main le donne,
Et parmi tous ces dons elle en choifit l'honneur
Pour en faire vn trophée au Temple du Seigneur.
Elle y conduit le peuple auec vn zele extreme,
Et là s'humiliant deuant le Dieu fupreme,
Elle éleue fa voix, & d'vn chant merueilleux
Fait ouyr ce Cantique en ces auguftes lieux.

　　Sage moteur des Cieux, Puiffance Souueraine
Autheur de l'Vniuers, qui le formas fans peine,
Le tirant du neant lors que tu le voulus,
Souffre que ton Saint Nom refonne fur nos Luts,
Et que ioignant nos voix aux faintes voix des Anges
Pour des remerciemens nous t'offrions des loüanges.
Que deformais nos champs deuiennent precieux
En faifant icy bas ce qu'ils font dans les Cieux,
Alors que contemplant leur Monarque fupreme
Qui de l'Eternité fait fon beau Diademe,
Ils s'écrient d'vn air que la foy nous dépeint,
Et repetent trois fois que le Seigneur eft Saint.

　　Meffagers du Tres-Haut qui portez fon tonnerre
Quand il veut chaftier les crimes de la Terre,
Qui le faifant ouyr dans tout cet Vniuers
Faites trembler les bons ainfi que les peruers,
Miniftres immortels de fes iuftes vengeances,
Nobles Princes des Cieux, faintes intelligences,
Fideles Protecteurs du deftin des humains,
Que fa bonté fupreme a commis en vos mains,
De fon Diuin amour les fournaifes ardantes
Et de ces volontez les trompettes viuantes
Cachets de l'Eternel où luy mefme eft empraint

Chantez chantres Diuins que le Seigneur est Saint.

   Et toy qui viens ouurir la porte à la lumiere
Des cheuaux du Soleil la belle auant-courriere,
Qui deuances ses pas au chemin radieux
Et semes l'orison de bouquets precieux,
Qui te peins au matin de cent couleurs nouuelles,
Et fais voir à nos yeux mille choses si belles,
Toy qui rends l'vniuers espris de tes beautez
Luy ramenant le Roy des feux & des clartez,
Ieune fille du Ciel des ombres triomphante
Qui sorts de l'Orient & vermeille & riante,
Répendant sur les fleurs la fraicheur de ton teint
De ton éclat pompeux loüe le trois fois Saint.

   Flambeau de l'Vniuers dont la clarté feconde
Fait monuoir tous les corps & conserue le monde,
Prince du Zodiaque, & des douze maisons,
Courrier infatigable, arbitre des saisons,
Toy qui donnes tousiours l'éclat à toutes choses
Qui mets le blanc aux lis, & l'incarnat aux roses,
Qui regardant la Terre en tes viues chaleurs
Fais sortir de son sein & les fruits & les fleurs
Ardant Pere du iour, espoux de la nature,
Du Soleil Eternel l'éclatante peinture,
Peintre qui sans couleur toute la terre peint,
Escris en lettre d'or le nom du trois fois Saint.

   Toy que suit le repos, le silence, & les ombres,
Qui fais voir les obiets taciturnes & sombres,
Bel astre dont le feu qui foiblement nous luit
Fait voir vn petit iour au milieu de la nuit,
L'vne qui tout ensemble és si froide & si claire,
Qui brillez de l'argent que te preste ton frere,
Qui regnes à ton tour sur la moitié de l'an,
Et qui donnes des loix au superbe Ocean,
Claire sœur du Soleil de qui la diligence
Sur vn beau char d'argent roule le doux silence,
Le page lumineux qui iamais ne t'atteint
Te ioigne du desir de loüer l'Esprit Saint.

   Vous dont la triste nuict seme ses sombres voiles
Beaux yeux du firmament éclatantes estoiles,

Paifibles efcadrons, prefages du fommeil,
Eftincelantes fœurs riuales du Soleil,
Doux efpoir des nochers, qui malgré les orages
Leur defcouurez toufiours les ports & les riuages,
Diamans hors de prix enchaffez dans les Cieux,
Dont le feu riche & pur plaift fi fort à nos yeux,
Brillantes rofes d'or en champ d'Azur femées,
Cloux du fuperbe char du grand Dieu des armées,
Clairs flambeaux de la nuict que le Soleil efteint
Ne défaillez iamais à loüer l'Efprit Saint.

  Armes du Dieu viuant effroyable tonnerre,
Et vous vents enfermez aux gouffres de la Terre,
Toy liquide chemin des chariots aiflez
Riuieres & ruiffeaux qui fans ceffe y coulez,
Orages, tourbillons, pluye, gelée, grefle,
Deftructeurs de nos champs qui tombez pefle & mefle,
Montagnes & valons, prairies & cofteaux,
Innocentes brebis, honneur de nos troupeaux,
Doux chantres des forefts qui charmez nos oreilles,
Et ce que l'vniuers peut auoir de merueilles,
Que tout ce que le Ciel & que la terre enceint
S'vniffe pour loüer le Seigneur trois fois Saint.

  Et nous pour qui fa main prend auiourd'huy les armes,
Nous de qui fon amour vient effuyer les larmes,
Nous qui gouftons la paix par fa feule bonté
Au poinct que nous allions perdre la liberté,
Chantons Bethuliens fes fupremes loüanges,
Celebrons le Seigneur que celebrent les Anges,
Que nos luts & nos voix par de tons mefurez
En faffent retentir les globes azurez,
Et voyant par fon bras nos guerres eftouffees
Pofons fur fes autels nos plus riches trophées,
En publiant fans fin que le Seigneur eft Sainct
Et que tout eft poffible à celuy qui le craint.

  Ainfi rendant à Dieu l'honneur de la victoire
IVDITH plaça le fien au Temple de la gloire,
Mais en vn lieu fi haut & fi fort annobly
Qu'il ne craindra iamais de fe voir dans l'oubly.

FIN.

www.ingramcontent.com/pod-product-compliance
Lightning Source LLC
Chambersburg PA
CBHW051135260626
47170CB00005B/1819